月下 著

梦里也知身是客

遗落人间的故事

江苏凤凰文艺出版社
JIANGSU PHOENIX LITERATURE AND ART PUBLISHING, LTD

自序

写作与孤独

从二十岁写《你是笙歌我是夜》始，到2007、2008年集中写的短篇小说，我的小说都归向一个主题：人心的孤独和疏离感。迷茫、徘徊、追寻、不信任、不踏实，仿佛漂在水上，湿冷得不舒服。在《笙歌》的结尾曾用一句话明确指出了这一点："她和他，她和人，人和人，都隔了那么一堵墙。"

人和人之间是无法沟通的，像萨特说的"他人即地狱"，没有沟通就没有理解，就没有信任。所有的人都只是流离失所的孤魂野鬼。

我不过是借用爱情来表达这种状态，因为爱情是人最容易借以驱遣孤独的东西。

今年在随笔《爱情是瘟疫》中借马尔克斯的《百年孤独》用理论形式指明了这一点，却仍旧没有人（读者、朋友、书评人）真正切合我想要表达的东西，有的说是"小情小爱"，有的说是"爱欲情欲"，有的说是"无爱的人性"，这些都是盲人摸象，仅指明了其中的一点。

到底是因为无爱才孤独，还是因为孤独才寻求爱？

能够思索的有感受力的动物是离不开温暖的。记得我家那只小狗，在剩下它一个的时候，是多么悲伤！"人要自给自足"是对于这个世界无奈的奋争，因为得不到，所以不如不要——自我安慰的精神胜利法。我的一个朋友在学佛，她说抛开小情小爱达到普世之爱就没有烦恼了，孤独的问题自然解决了。有时候我怀疑那是否又是一种自我欺骗，像各类哲学一样，每一种学说都只是自欺欺人，是麻醉，左右着人类的意识？人类本该没有意识？世界是它本来的样子，不好也不坏（尼采语）。

时时生出人生空幻之感。

我四五岁的时候，看到一只猫平贴在墙上，像一顶帽子，却掉不下来。我打它，它噌地跑下炕，炕下却并不见，我想那一定是一只猫妖；我六七岁的时候，跟着父亲出差，玩到太晚了，要赶火车，我们从已经锁上的栏杆上跳过去，跑上铁栏杆的梯级，我的零食掉了，父亲下去捡，我从上面望下去，黑色的模糊的人群，那么匆忙，那么不安；我九岁的时候，拖着刚睡醒的疲惫的身体去学校，那颗心极度地空虚，走在湖边，就想跳下去，因为不知道为什么要往前走，活着（这么痛苦）到底是为了什么？我十三四岁的时候，坐在槐树下写作业，看着湖里游着几只白鹅（想着母亲在炎热的天气里做工），人不如鹅自在啊，我觉得特别特别地悲伤，不知道自己所做的这一切究竟有什么意义，所以一次次闹着退学；我十六七岁的时候，坐在院子里，仰首望着墙外，树木森森，黑影幢幢，只听到一两声老鸦的叫声。无缘由的空虚像冷水一样浸泡着我

（这种空虚一直持续到现在）。跟一个朋友谈起，他竟然说是“少女思春的情怀”。我们不在一个层面上，就像很多读我的书的人不在一个层面上一样。这种与生俱来的孤独感跟爱情能有多少关系呢？我在《寂寞梧桐》中点明了这一点，爱情不过是一个借口，孤独是本质性的。爱情能缓解孤独，但终究镜花水月，于事无补，它像哲学、艺术一样，只起到一个遮盖的作用。

我像伍尔夫一样分裂成两个自我，窗外冷静的那一个在看着窗内发疯的这一个。我清晰地看着这一个却无能为力，任其疯狂。那疯狂一次次波及身边的人。但是没有一个伦纳德来纵容呵护我，却只是一次次被扔在冷水一样的黑暗中，自生自灭。

普鲁斯特害怕受伤，所以躲在床上日日夜夜地冥思，不见人。太宰治说棉花也能让他受伤，所以他自杀了。普鲁斯特有理解他的母亲，太宰治有共生死的爱人。

我却在噩梦中一次次惊醒，刀尖从心上划过，继而是无边的黑暗，那冰冷的空虚轻车熟路地摸上门来。

我梦见我们被迫搬了家，那么黑那么阴森森的房子，但是我不知道搬的是哪一间。我进不去门，我给他打电话，他不接，我一圈圈缠着电话线（手机上生出电话线来），不知道怎么办。那房子忽然变成了一座破庙，我还在给他打电话。我看见他嘟哝着说不接，转过身去又睡了。我在这边一遍遍地拨，焦躁、恐慌，只有冷风从断壁残墙上吹过来。夜，那么凄凉。我一个人在院子里，蹲下身去用树枝在地上写字，把要跟他说的话写在地上……

——我如何能相信爱情是存在着的?

其实我写不了爱情小说，就像张爱玲一样，写出了一地凄凉，她恋恋于自己那篇唯一有爱的称作通俗小说的《多少恨》，只有这篇里没有计较没有算计没有虚伪没有战争。虽然结局也是悲剧，可终究有着凄惶惶的爱情。中国太缺乏那种为爱拼将一生休的人，我看不到爱情，所以写不了爱情，笔下只有爱之虚伪，人之冷酷，情之不纯。电影《无姓之人》中的Mr Nobody告诉我们：没有爱的生活是不值得经历的（“爱情可以战胜命运的坎坷甚至死亡的威胁”）。其实西方人比我们更尊重爱情，因为他们尊重个体。爱情与理想本应是人生的两大主题，可是，中国人却越来越不相信爱情，越来越侮辱爱情，越来越鄙视爱情。因为中国自古是爱情荒芜的国度（张爱玲语），张爱玲洞察了这一切，所以她一直在冷静地消解爱情，凸显人性。真正写言情小说的人是琼瑶、亦舒她们，而世人往往分不清，一味把写男女之情的归为言情小说，却品不出层次的不同，段位的高低。因为爱情荒芜，她们筑建爱情童话，给世人麻醉剂，像某些出版商，粉饰现实，沉溺在心灵励志温暖矫情的虚假故事中。

目录

第一辑 人

第二辑

事

第三辑

情

HOYT'S GERMAN COLOGNE

第一辑

天才梦

在我九岁那年，村子里经常放电影，我以三篇影评名扬村内外，那个时候，我就开始发觉自己是个天才。嗯，我怎么会不是天才呢？一天六节课，我只上两节，还在每后半节课偷睡一会儿，成绩却是全校最好的。所以，在我上四年级的时候，我告诉老师，我可以毕业了。他问，你现在毕业要去做什么？我说，我可以当老师，教三年级。

在老爸的极力反对下我不得不继续读五年级，以至于还要进入中学。在我读高中的时候，经常去图书馆借书，其中有一部小说改变了我的人生——当然我的人生瞬息万变，没有那本小说也一样。说到那本小说，书名已经不记得了，内容也全部忘光了，影响到我的人生的不是那本小说，而是那本小说里的一句话：去书店里买书你要站在计算机区域，因为那个地区多出帅哥。我嘻嘻笑着，又闹退学。这次比较坚决，老师和老爸都没有办法，所以我就离开了那个枯燥得像太平间似的学校。

我开始逛书店，在计算机图书区域里徘徊，终于选定做设计。我坐在地上，倚着书架开始学起来。我的身边总是摞着几本书，然而走的时候却并不都买走，因为第二天我还要来。其实那本小说一点都没有骗我，这个地方果然帅哥如云，来了又去，赶集似的。可是我打小有个毛病，就是做任何事情做着做着就忘了初衷，所以他凑上来翻翻我那摞书准备搭腔的时候，被我拦腰截断了。我头也不抬地说："书架上不是有吗？这些都是我的，别乱翻。"他就住了手，站起来说："我每次都看到你在这里，想知道下是不是真的学进去了，一个人很容易走弯路的啊。"这个时候我抬起头来，冲他笑了笑，他大概是被我笑傻了，赶紧跑掉了。我开始回忆刚才是不是笑得很傻。至于吗？他不就是头发稍微长了点，眼睛稍微大了点，嘴巴稍微可爱了点嘛，跟个金城武似的。

我这学习的架势感天动地，感动了老爸，他送我一台电脑，在那个家家无电脑的年代里。几个月的时间，设计书架上的书已全跟我熟悉了，下一步就是找工作，可是没有一个公司要我。什么？连中学毕业证都没有？

在我饥寒交迫、欲哭无泪的时候，好消息来了。一家神秘的网站上有很多稀奇古怪的交易，其中一项正合我意：计算机技考替考人员急需。替考一次能拿到一千多元，分数高了还会更多，我便欢欢喜喜偷偷摸摸地寻找我的主顾。一拨考试下来我收入上万元，一边神采飞扬一边开始计算这些钱怎么花法。嗯，裙子是要的。我冲进商场一口气试了十条裙子买了八条，因为有人说我不像女孩子，应该穿裙子矫枉过正一下。

很快，我的钱就要见底了。而技考一年也只有一次，所以，我必须另寻出路。正好那天去学校里收一笔替考账，转来转去不小心就转进了校长室，真是柳暗花明铁鞋踏破——校长在给那些空白的毕业证填名字，他问我找谁，叫什么，我忽然就想到了替考的那个名字，嘴巴麻利地告诉了他，然后就说试都考完了，班主任还不放过我们，说什么复习巩固感受气氛，大大地抱怨了一通就出去了，临走他却叫住我：“把你们班主任叫来一下。”

我当然不会去叫什么班主任，但那一张张空白毕业证却是不能放过的。我以女高音最酷烈的惨叫消失在门外，校长急忙从办公室里走出，我便在窗户里顺手牵走了一张空白毕业证。我以练了七张白纸名字的功力把“吴琼”两个字工工整整地放了上去。

我在网上搜索对比，总算找到一家配得上我天才头脑的广告公司，第二天便揣了这张毕业证去应聘了。大概是那七张纸的名字全部雷同没有一点次第进步的意思，那人事部的小姐拿着毕业证仔细端详了一番，鹰钩眼睛一扫，便问，你们的校长是谁?

“岳——不群。”只记得那个校长姓岳，然而姓岳的名字一时之间我只想到了这一个。顿时，全体上下一屋子的人都笑起来，大有刘姥姥食量大如牛的笑话遗风。

在我进退不得的时候却看见了他。他笑着走过来，接过了毕业证，还给我，“你很喜欢看武侠片啊？”

我回答说是的。他说，明天来上班吧。

他就是那个金城武。

嗯，我就是专为了写金城武才写这篇小说的，可是他刚一出场我就写不下去了。唉，没办法，从小就留了这么个坏毛病，总是忘了初衷。

俄国的还是法国的还是英国的那个托尔斯泰还是福楼拜还是乔治·桑不是说了一句话嘛，你在小说的开头放了一把枪在那儿，到最后这枪就得响。我想，天才是不应该按常规出牌的，所以，那把枪你看看可以，但不能碰，小心走火。

青莲

北方的冬天太冷了。我以这个理由拖延了几年不回老家，当我终于流浪到家门口的时候，这个理由就成了荡在破庙里的蜘蛛网，一下子被风吹散了。

下了车，小妹帮我提着行李。边走边说笑。

冷风在太阳底下穿行，强劲地捋着路边的枯草，一片片黄色的叶子被风吹到沟渠里去。这天气就像一件湿棉袄，不穿觉得冷，穿上，又是透心地凉。

村口一垛垛的棉花柴，泛着棕黑色的腐朽味道，一个女人站在柴堆背风的地方，看到我们赶忙迎上来，小妹拽着我直往一边躲。那女人围着一条蓝围巾，灰白色的头发在额前打着绺。

“看见我们家青莲了吗？”她的目光松散浑浊，颤悠悠的声音仿佛来自另一个世界。我当时心里一紧，不由自主地后退了一步。小妹回答她说没有，便飞快地拉着我跑开了。

我这才记起她是青莲的母亲。很多年以前，青莲到我们家来玩儿，那天正在看《红楼梦》，小妹指着电视里的香菱说：“你们快看，青莲跟香菱多像啊！”我们都笑起来，真的很像呢，尤其是那双泪汪汪的大眼睛。香菱眉心一颗红痣，青莲也是，邻家姑姑说那是美人痣……

小妹告诉我，前年青莲跟人跑了，她母亲喝了农药，没死成，后来就疯了。每到年底下她就站在村口，挨个儿问从外面回来的人：“看见我们家青莲了吗？”有时候还会加上一句：“你要是看到她让她回家来过年。”

我坐在我们家的老房子里，像听故事一样听小妹轻描淡写地带出了这几句。

我记得最后一次见到青莲是在石市。

那年，因着我的叛逆偷偷地跟着村里几个女孩子跑到石市去打工。我们一到了石市便进了一家服装厂，没日没夜地加班，别人都有工作岗位，只有我做什么都做不好，换了好几次。我躺在宿舍里哭泣，青莲从上铺下来，安慰我，她说像你这大小姐的脾气，做不了这样的活也没什么，你还可以回家去，我连家都回不得，我已经失败过很多次了，再回去让人家笑话的。我说我要离开这里了，她说她也要走，有传言说这里工资全扣着，到月底也只发200元生活费，若是做不满一年，工资就全没了。我们提着大包小包出了服装厂，青莲认识的一个女孩子的表哥是在宾馆拉客人的，他悄悄地把我们带到宾馆里没人住的房间，说："可以在这里暂住两天。"天气热得很，空调也坏了，我们在地上翻滚，像极了人们常说的热锅上的蚂蚁，却不敢在半夜里走到阳台上去吹吹风。后来，她那个表哥把我们介绍到一家饭店，第二天他跟我们说，饭店里只需要一个人。他看看青莲，又看看我，我想他们要的是青莲。我笑着说让青莲去吧，反正我在这里还有叔叔。

我就住到石市叔叔家里去了。叔叔说，是不是人家比你漂亮啊？尽管我对饭店里专挑漂亮女孩儿做服务员这个概念还是有些懵懂的，但是，这样直接的挖苦却还是触动了我敏感的神经。堂姐坐在一边，连这句笑话也懒得笑了，我根本不在她眼里。只有一次，她问了我一句："工作找得怎样了？"还没等我开口，她就转过身去跟她的小儿子讲话了。我回答的后半句就只好淹没在厨房的油烟里，轻飘飘的，没有分量。我发现我的头顶全是屋檐，一片片的琉璃瓦次第排开去，可是自已却偏偏长得那样高。不得不低着头，嘴里应着，心里却不服：就算我长得漂亮，端茶倒水的事情我还不屑于去做呢！

叔叔让我先回家，有了工作再过来。

我就被遣送回家了。临走的时候去看青莲，她正走出饭店来倒垃圾，手里端着一个阔大的铁簸箕。我告诉她，我要回家了。她说，那这里就只剩下我一个人了。说着，眼泪就掉下来，更像弄污了裙子的香菱了。她站在风里，仿佛夏日里最后一株荷花立在湖面上，凄凄艾艾。当时我也没有在意她的眼泪，归心似箭，另觅前程，就像母亲说的，心比天高，命比纸薄。

回家没待多久我就去了南方，那边有表弟给安排好的工作。原本就不是个踏实的人，换工作就像吃饭一样，辗转流离。好几年没有回老家，自然也不记得青莲了。

我问小妹，她跟什么人走的？

听说是个外省的老板，很有钱，但是年龄大了，而且家里还有妻子、儿子，后来就没有她的消息了。她的母亲被人救活后就变成这样痴痴呆呆的，一看见从外面来的人总要问人家，“看见我们家青莲了吗？”

我想起有一次我和青莲一起骑单车回家，半路上我下车要买茄子，她也跟着蹲下来，把我挑好的茄子从袋子里拿出来，说，这头上泛白的茄子太老了，不好吃。我撑着袋子让她挑……

小妹端了一盘花生过来，我坐在床上一边剥花生一边问她：“我的那些书有没有帮我晒过？”她掀开柜子把我十来年的藏书搬出来，说：“你的书都要长虫了。”我接过她手中的一本《红楼梦》，随手一翻：惯养娇生笑你痴，菱花空对雪澌澌。好防佳节元宵后，便是烟消火灭时。

坠落

仿佛被推着走，我在人群中随波逐流。渐渐地，我真的感觉到一个小孩子乱摸乱撞，不经意地回过头，他说这个给你，然后像泥鳅一样钻进了人缝。我茫然地接过来，是我的身份证。心里一惊，赶紧掏了下口袋，钱包没了。好在，他把身份证还我了。我站在火车站的广场上——其实算不上广场，一块空旷的黄土地而已，我没回老家过年已经是第三个年头，觉得有些陌生——四处张望，这一站下车的人们陆陆续续地被家人接走了，我却想着如何搭上个免费车。瞟见额墙边上停着几辆面包，便走了过去。

面包车的司机因为拉不到客，闲坐在一起打牌，支着架势，大呼小叫。见我过来，有两个站起来，一个半撑着身子，另一个仍旧坐在那里，手里拿着他的牌。

“蒋承宇？！”我心里惊了一下，但没有叫出来。十年不见，我仍旧认识这张过于俊秀的脸，虽然变黑了些，多了几道皱纹……

当他还是个小男孩的时候我们就认识了。一群坏孩子争着当王，他既不当王，也不当跟班，拿着一根竹竿，有一搭没一搭地走在我们队伍的一边。虽然不是王，我们的王却有几分怕他——也不是怕，是忌惮，也不是忌惮，似乎是敬畏，但又好像是不屑一顾的敬畏。这个局外人在我们的队伍，总有点不协调。

一年级时他曾是我的邻桌，二年级、三年级、四年级时就不是了，因为他从一年级直接跳到五年级——小小的个子，进入了另一个群体，但一到放暑假，他依旧跑到我们先前的圈子里来。

我们玩一种坷垃仗的游戏：分成两拨人，一拨防守，一拨进攻。防守的一方隐蔽在一条隆起的土坡后面，向进攻的一方投击土坷垃，有搬运的，有投击的。而进攻的一方只要冒着这些枪林弹雨跃过土坡，擒住这边的首领就算赢了。很像游击战。承宇的手法一向是稳、准、狠，把攻上来的小伙伴们打得哭爹叫娘。但是小伙伴们正打得热火朝天，情绪高涨，承宇却忽然从土坡后面站起来，一个坷垃正中他左腿。他的腿略弯了一下，却毫不在意地一甩手说："没劲。"

他说了一句"没劲"，就走了，从此再没出现在我们的队伍中。

我也很少见到他，因为他不大喜欢出门。偶尔在去学校的路上碰见，他骑着单车，把脚支在路边的石头上，说："我带你一程。"我问他中学里的生活怎么样，他疏懒地讲两句，似乎永远提不起兴头多说，看上去一脸厌倦。

杂耍班子又搭起了帐篷，村里的老老小小围得水泄不通。承宇把单车锁在棚子后面，我们就一个个地拨拉开正伸着脖子瞧的人钻进去了。一个小丑正在台上翻跟斗，接着便单脚独立，扮出各式的鬼脸，引得台下观众哄堂大笑。我也忍不住跟着笑起来。

"我们活着，给人家笑笑，笑笑人家，多像一场杂耍啊。"承宇忽然说。

"及时行乐嘛。"我很得意地把这个刚从金庸小说里学来的词在才子面前卖弄了一下。

“这些浅薄的东西有什么好乐的？无聊。”他转身要走，我拉住他，又看了一场丑女训夫的故事。胖得像水桶的女人夯夯地跺在台子上，半掩着那张涂满胭脂的脸，然而很快变了脸，对着正在偷偷摸摸进家门来的丈夫一顿追击好打，瘦猴般的丈夫还是刚才扮演小丑的那个，左窜右跳起来与小丑一般无二。

承宇说“没劲”，然后转身便走了。

据说读初二的时候，他说了句“没劲”，就直接上高中了。

美而有才的翩翩少年，逐渐有了“麒麟才子”的美誉，也招来很多艳羡的目光。但是他谁也不爱搭理，经常一个人骑了单车，披一件外套就出发了。他能在田野里一待就是半个下午，躺在草地上，用外套遮了半边脸。没有老师会责怪他旷课，因为他那张俊秀的脸上总现出一副不耐烦的样子，似乎老师们的课讲得太慢了，他的思维总是超过他们的进度，就由他去了。

他走得太快，仿佛所有的一切都跟不上他的节奏。他对一切表现出神经质般的不耐烦，继之厌倦。

大学校园里一片静谧，金黄色的银杏叶子落了一片又一片，夕阳盹着了般。17岁的蒋承宇已经是大学三年级的学生。我来这个城市看望二姨，顺便帮承宇捎了点他母亲做的炒面之类的零食。他陪我走在砖砌的小径上，不由得说了一句“真没劲儿”。这句话像卖油郎晃起的第一声拨浪鼓，震动了我的耳膜，熟悉又令人激动，深深地浸染着儿时的底子。我结结巴巴地说：“17岁就上大学，多好……我高考没考好，可能又要复读了。”

“人干吗要拼命地参加高考？大学里其实很没劲儿。”他的脸上又露出几年前那种厌倦。

我想他总不至于快毕业了还要像之前一样往前跳吧，再往哪里跳呢？我觉得不可能。就剩一年了，总应该坚持要个结果吧？中考，高考，独木桥，挤破了脑袋，不都是为了这个结果吗？我想摆几句道理，在他的那副表情下却什么也没讲出来。

后来，承宇还是辍学了。无论是数学方程式还是纵贯古今的历史，都不能当饭吃，才子也是要生活的。听说他在家里待了七个月就被父亲催着去了家小工厂，推着晃当当的叉车，从一个车间推到另一个车间。他一定也觉得很没劲——直到认识了一个姑娘。

据说那女孩儿——后来跳了河，淹死了。

“你现在还是一个人吗？”想到这里我不由得问。

"是啊，光棍一条。"承宇说。

"因为那个女孩儿吗？"

"哪个女孩儿？哦，你说她啊，其实我连她的手都没碰过。"

我疑惑地望着他："她却写下遗书说你害了她。"

承宇漫不经心地笑着摇了摇头。

我坐在蒋承宇的面包车里，一路颠簸，扬起的灰尘扑到路边的矮灌木丛上，天渐渐黑下来。承宇的话倒多了，四川的妹子，白水的酒，还有他这辆二手破面包。

我终于忍不住问他，当年为什么不把大学读完。

他说，我只是想找点更带劲儿的事儿干。

开出租车带劲儿吗？

他憨憨地笑了，没有回答。窗外的矮灌木丛把我的思绪渐渐扯远了，想到车站那个偷了钱包却又竭力把身份证还给我的小偷，那些站起来争着拉我却又做出谦让样子的面包车司机，多像一场杂耍啊。

伴着夕阳下山的童年

在我很小的时候，父亲经常带我出差。记得有一次我们要赶火车，园门都关了，他抱着我爬过栏杆，奔跑。到了车站，还要登上铁栏杆焊成的楼梯，我手里拿着一盒糖豆，糖豆掉在地上，父亲下去捡，我站在楼梯上，生怕自己会掉下去。以至于我后来经常做梦，梦见夜里跟着父亲赶火车，那么匆忙，焦急又害怕。

二伯从小就耳背，所以家里人有事就让着他，或者因为自卑，他更加地肆虐。再有还不懂事的叔叔的挑唆。二伯要抢走我们家的新房子。他们在打架，窗子都打破了，我站在碎玻璃上哭泣，蹲下去捡，我想把这些玻璃扔出门外。手上的血流到玻璃上，叔叔抱着我去包扎。最终，母亲带着我们姐妹去了二伯家的旧房子住，房子里黑黑的，我们并排躺在炕上。我半夜里看见一只猫从窗台上噌地跑下来，踏着我的身体跑到地上去了。我叫着开灯，说有一只猫，母亲说根本没有猫。我想那不是普通的猫，是一个猫妖。每天晚上，我都会看到一只猫，盘在墙上，却掉不下来。我用扫把打它，却只听见打在墙上咚咚地响。很快，父亲就不打算住在那座旧房子里了，他带着我们出去做生意。他希望我提早上学，就开车去送我，我哭着拉住车门，不想上学。从小，我就是一个最容易给人希望，又最容易让人失望的人，我闪电式的念头让生活波澜壮阔，父亲说幸亏他心脏承受能力强。之后我几次闹退学，因为我从那枯燥的学校生活里实在找不到继续的意义。我赢，然后，我伤心。我看着自己随手打破父母小心翼翼又喜气洋洋地放在玫瑰枝上等待开花的希望。

后来，父亲在老家盖起了新房子。再后来，他做生意失败了，我们又搬回到老家。

父亲总是喜欢弄些稀奇古怪的东西。在村子里都用黄色灯泡的时候，他却给我做了一个写字专用的台灯，木匣子里装了一个白色的小灯管，说是白光不伤眼睛，只是我不记得那灯管亮过；就像别人家里用压水井压水的时候，父亲却在自家里装了电动机，一插上电水会自动抽上来，只是那水浑浊得可以，我们都不想吃自家的水了，隔天就要去邻居家里压水。一个和尚挑水喝两个和尚抬水喝三个和尚没水喝，因为我们家姐妹众多，所以至今没有出一个挑得动一担水的人。有一天去叔叔家，看到那么小的堂妹竟然在挑水，一担又一担，我惊讶又惊讶，她竟然能挑得动水。八杆子打不着的一个亲戚忽然跑到我家里来，跟母亲、叔叔们聊天，说，懒人越惯越懒。他是在说我。当时恨恨地在心里骂他，希望他快点走。如今，我倒真希望能增长点力气，以防每次从超市回来累得半死，不必怨天尤人呼天抢地地悲伤。

那个时候，我总是不起床，要靠两个妹妹一人拉一只手把我拉起来。有时候母亲不让她们拉我，她们几个吃过西瓜就去田里了，等我醒来，太阳已经西斜。我坐起来，看着桌子上给我留的西瓜，一边吃一边打发我的忧伤，夕阳西下，断肠人在天涯的那种。我觉得我好孤独，一个人在院子里走来走去，连那只忠实的四眼狗都去田里了。我再无法面对太阳下山，就回到屋子里，打开电视。那个夏天，武侠片一部接一部地放，我就让自己沉浸到那童话般的世界里去。有时候会坐在院子外斜坡上的老槐树下写作业，一串串白色的槐花落在身边，那香甜也让我悲伤。我会记起爷爷的死，会记起他对我的失望，子欲养而亲不在，我总会因为想起爷爷而负疚。二伯总说爷爷偏心，重的活让他干，却从不督促父亲做事，其实，爷爷只是理解父亲沉默里的挫败感。二伯有时候只是孩子气，在多年以后，我考上重点高中，需要一笔钱，父亲不在家，是二伯先拿出钱给我去上学。

父亲再次去石市做生意的时候，因为我们要上学，被他留在了家里。每天妹妹和爷爷做饭，我就坐在院子里哭泣，越哭越响。最终，他们把我接到石市去了。小舅在一旁奚落我，说哭闹一下就来了，比你妹妹们都厉害，仿佛我奸计得逞了一样。大概小孩子都喜欢用哭泣这个方法来换取自己想要的东西，只是这并不是我要达到目的的方法，我只是伤心，只是伤心，就算来了仍旧不能把全部的伤心都甩掉。

我会思念妹妹。华说，她的手很冷很冷还要给姨家的猪剁菜；丽丽说姥姥只给她泡半袋面，总吃不饱——母亲买回的面要给小舅家的孩子吃。

转学的事情是大伯给联系的。因为学校离得远，我每天天不亮就要去上学，中午在大伯家里休息。大伯说他没有时间多给一个人做饭，我就在外面吃烧饼，一边吃一边看刚买回的《少年文艺》或者《童话大王》。还记得那个报亭的阿姨以少儿不宜的念头把一本后宫沐浴封面的《民间故事》挡下去，这画面十几年之后仍旧清晰。就是那种徘徊让我写下关于读莎士比亚的组诗，可是老师不喜欢，他只喜欢“祖国是花园，我们都是花园里的花朵”那样的句子。

其实任何事情都是合理的，谁没有自己的苦衷呢！就像姑姑说的，父母太娇惯我们，一个个弱不禁风的样子，不但身体，连心理也是，动不动就林妹妹似的掉眼泪。

生活，不允许你太敏感。

有人说童年是最美好的时光，我想他们太喜欢粉饰太平。我只记得我的童年，是坐在土坡上，看着太阳慢慢落下去，心也一点点空起来。我始终找不出来哪一个时段值得我说停留。

似乎所有的往事，
都偏爱——
潮湿的季节；
似乎善思的人，
常眷恋——
窗外的风景。

莲儿

秋风吹过，满地的高粱摇着它们纤细却并不娇弱的身躯，长长的叶子像绿色的丝带纷扰舞着。莲儿甩着镰刀割高粱穗子，风倏倏地吹乱了她的头发，她站直身子，向后拢了一下头发，眼睛穿过那茫茫的高粱屏障（天地似乎有些沧桑了）。

她就像一棵高粱一样，迎风站着，那么细瘦而又那么高，方格的上衣被风吹得一面裹在身上，而一面蓬着，她更显得瘦了——白皙的皮肤，清秀的面容，乌黑的头发，身段娉婷而美丽。

“莲儿——”

“是你——”莲儿惊愕地睁大了眼睛，声音涩涩的。

他走近了她，沉默了一会儿问：“你过得还好吗？”

莲儿低下头，“他对我很好——你呢？”

这时莲儿发现他穿着城里时髦的休闲装，肩上背着一个晃着许多拉链的背包。

他见莲儿打量他，赶忙笑着放下背包，拉开拉链，取出一些果脯递给莲儿。

“城里连水果都是加工过的，”莲儿喃喃地说，并没有伸手去接，“你快走吧，大妈她们一定等急了。”

她平和地笑了，伸手拿起了镰刀。他也就笑了笑，走了。

莲儿记起他们“见面”时的情景：他穿着一套西装，莲儿穿着碎花长裙。莲儿被接到他家里，邻人都跑来看，夸赞着莲儿的漂亮、文静。他们进了屋，父母和媒人都悄悄退出去了。

“你吃梨吗？”他问。

“不。”莲儿抬起头，看着他很温柔地笑了。说了几句无足轻重的话，然后就是长时间的沉默，终于他问道：“你愿意吗？”

“我……”莲儿又笑了。

他也笑了。

接下来就是订亲、送礼、买东西，莲儿一直坐在他的摩托车后，依偎着他。

后来他们同去城里一家工厂打工，他常常跟一个城里的女孩玩闹。每次莲儿一抬头就看见他坐在那女孩身旁说说笑笑，心里酸酸的，又低下头去干自己的活。

渐渐地，他也不去找莲儿出去散步了。莲儿又急又伤心，就主动去找他，他也恹恹的，勉强出去转转，很少说话，而且不花一分钱。

宿舍的灯熄了，莲儿辗转反侧，不能入睡：他到底怎么了？他真的会娶那样一个丑陋的女孩吗？仅仅就因为她是城里人？他就是那样虚荣，那样无情无义吗？我倒哪一样不如她？的确，莲儿挣的工资高，莲儿漂亮，莲儿文静，莲儿温柔。

莲儿病了，她想回家。她在黑夜里静静地哭泣，他对她的回家竟是这样淡然。她忽然坐起来，拿出信纸，她一定要弄明白这是为什么，一个人跑到院中长明灯下开始写信，拙劣的语言却饱含真情。

明天就要走了，他竟没来看看她。她孤寂地躺在床上，叫同住的一个人把信送去。他仍旧没来，而且第二天早晨也没送她。

后来他也回家了。人们都以为他回家去和莲儿结婚，但是他却提出分手，他把一切的责任都推到莲儿身上。莲儿并不在乎这些，莲儿在乎的是他为什么要离开她。一点原因都不说，莲儿糊里糊涂地被人遗弃了。

后来，莲儿听说他换了工厂，而且并没有和那个城市女孩结婚。

莲儿越想越不明白了，那他为了什么?

莲儿一不小心割破了自己的手指，她的丈夫刚好来拉高粱穗，看见她手上的血，赶紧跑过来，帮她包扎。

她心满意足地伸出手，关于“为什么他离开她”就暂时不去想了。

巡回艺人

“我心中的忧伤无法诉说。亲爱的，我已经知道孤独是什么了，是一生一世的事情。”

我循着这句话向下看去，一个清晰的女孩子便映现了出来：走在石板路上，长发，黑色上衣，白裙子，她说，我们再不相爱就老了。

一个行走的女孩子，抒写了一段无疾而终的爱情。那个男孩子，有一个资深的女友，却，说喜欢她，她明白，他想要的只是名分之外的东西。

“我以为我在付出，但其实只是在空耗自己的热情。”

抱着吉他，在灯光下，和着那些流浪歌手。

我开始喜欢她。

想起伊豆的舞女，那个青山秀水中不染半点尘埃的女孩子——

我想她不是的，她更具备都市流浪的潜质，那背影更多了一些可爱的东西，是任性，是真实。

她会在口袋里只剩下1500块钱的时候用1230块坐飞机回家，只因为喜欢飞翔的感觉。是的，这才是生活，跟着感觉走，相信明天，珍重此刻。

她说，一个人，要做内心强大的人，是非常难的。我做不到。

我笑，我也做不到。

但是我会假装。

《天若有情》中，展颜说一切都是真实的，偷和过去。

江永生问，那什么是假的？

整个人是假的。

我想，我的整个人是不是都是假的？假装坚强，假装忧伤，假装洒脱，假装锋利，假装爱某个人，又假装不爱某个人。

当冰凉的眼泪在夜色里横流的时候，我开始懂得自己，真实的只剩下这颗心了。

记得很久以前有个女作家等待着她未出生的孩子，种了一盆女儿花。她说，她不愿意有个女儿，女孩子太容易受伤，她不想她的孩子在尘世里伤痕累累，不忍，不舍得。

李碧华说："欺骗？那能怪谁，只是你自己太蠢。"

也许，这是女孩子和女人的区别。成熟往往意味着敌对，对整个世界都防范着，怀疑着——

我终究不喜欢那样的状态，宁愿受伤。

终究不愿意炼就得铜墙铁壁，八面玲珑。那仅有的聪明是用来写字和爱自己的，不是用来放在他人的身上。

爱自己，就让那颗心自由地舒展。

都说张爱玲是个极冷的人，其实极冷的人是李碧华和亦舒。她们自认为洞察世情，然后以凉薄面世，而张爱玲只是一个真实的孩子，躲在自己的世界里书写，文字是冷的，不过是一个作家的专业水准——客观。李碧华的文字终究是好的，可是亦舒，实在让人厌烦了，她和她的文字一样自作聪明，以一副洞察先机的样子用虚假的幻觉制造对人世的不屑。

对李碧华是敬的，对张爱玲是爱的，对三毛是喜欢。

徐志摩说，我将于茫茫人海寻找我唯一之灵魂伴侣，得之，我幸，不得，我命。灵魂之伴侣，这也是喜欢志摩的原因吧，我们要找的终究不仅是人生之伴侣。然而，灵魂，对世人是否太奢侈了？

徐志摩是幸运的。

安妮宝贝经常用的一个词是抵死缠绵，而我们，却是，抵死伤害。

有时候，我会想，如果我不是个女子，如果我生成一个男人，我一定不会去招惹我不爱的女人，我一定会于茫茫人海中寻到我的灵魂伴侣，我不相信命运，只相信自己。我会做一个同木婉清一样的女子，泛舟湖上，远避人间。

依附于身体的哲学

张爱玲说，“衣服是一种语言，是表达人生的一种袖珍戏剧”，是人物身份、心理、性格与命运的外化，所以她的小说里有很多关于着装的精彩段落。《红玫瑰与白玫瑰》里的王娇蕊，“她穿了一件曳地长袍，是最鲜辣的潮湿的绿色，沾着什么就染绿了。她略略移动了一步，仿佛她刚才所占有的空气上便留着绿迹子。衣服似乎做得太小了，两边迸开一寸半的裂缝，用绿缎带十字交叉一路络了起来，露出里面深粉红的衬裙。那过分刺眼的色调是使人看久了要患色盲症的。”黏滞、媚惑，活画出一个“红玫瑰”。在每个男人的心里都住着两个女人，红玫瑰和白玫瑰，像陀斯妥耶夫斯基《白痴》里的娜斯塔西娅和阿格利娅，劳伦斯《儿子与情人》里的克拉拉和米里艾姆，我早年小说《你是笙歌我是夜》中的墨玉和雨凝。当女人对男人不再有依附性的时候就出现了第三支玫瑰，黑玫瑰，思飞便是这支墨玫瑰。她的着装既不媚惑也不淑女，而是个人化的奇崛，兆示着突兀、冲击的存在感。

她今天穿了一件暗绿色的长衫，像围在身上的一块布，却围得别致，这种一泻直下的流线形式更衬托出她的瘦削，随时都像站在风里的女子，落落寡合却又机关暗藏似的。

米色的麻布背包在她削薄的身上斜挎过来，遮蔽了半边躯体。她顶着大大的阔边草帽行走在阳光刺目的街道上，她看不见路人，路人也看不见她，像一堆原古的布料，在风里优雅地飘。

再也没有什么女为悦己者容，有的只是对男人目光的无视。或者突显，或者隐匿，她们我行我素。安就是一个现实版的思飞。

我第一次见到她是在一个书吧。一眼就被她的奇装异服吸引——灰色的无袖短衫，薄而柔软，土绿色的麻布长裙，蓬松有型，外面披了一件修长的黄绿色麻布披肩，颈上一串木质项链，一朵棕红色的蔷薇别在胸前，一抹亮色，仿佛画龙点睛。这蔷薇让我想到梅里美的卡门，然而她是安静的。这样的女子，竭力与众人分开。她一定是辨出了气味不投，所以远离人群，落落隐于世。

之后几次在书吧见到她，每次都惊异于她的衣服。米白色的麻布长裙，没有任何拼接，看起来就像折纸玩具，是用一整块布料折了几折便成型了。没有见过这么自然的褶皱，布料选得很合宜，因其厚重才垂坠且稍有挺括，但因为是纯麻，就不因为厚而热，最热的夏天穿在身上也是凉凉的。雪白色的纱质长裙垂到脚踝，外面罩了一层薄薄的浅绿色丝绸，几片深绿色的叶子稀疏涌现，次第别在裙身，给人一种悠悠飘落之感。她就像从刚下过雨的林子中或者不含一点渣滓的湖边走来的一样，洁净得叫人不忍靠近。雨天稍微有些凉，她穿一件宝蓝色长袖线衫，直筒的袖子，直筒的裙身，宽松却不肥大，看上去很素朴，但并不普通。裙底和袖口接出一圈黑边，裙底一角开了很短的衩，钉着几颗雕花的棕色纽扣，品位呼之欲出，是一个不折不扣的森女。真正的贵族就在于这种素朴中的细节，如果你不注意，他们跟普通人无异。

有一天，我走进书吧，正坐在往常喜欢坐的位子上，却见她徐徐走近，主动与我搭话，原来她早就感觉到我注意她了。

我夸奖她的衣服很漂亮很别致，与众不同的外壳必有一个与众不同的内核。她说，衣服已经不再仅仅是蔽体的物件。我们因此谈到昆德拉和他的媚俗，她说她喜欢《不能承受的生命之轻》中的萨宾娜，我很高兴有同好。昆德拉借萨宾娜的思索表达了他关于媚俗的看法，媚俗就是过分迁就迎合受众，彻底放弃自己的尊严，以做作的态度取悦大众的行为。只要有公众存在，只要留心公众存在，而不是按自己的意愿行事，就免不了媚俗。由于媚俗，人们往往会用公众意志代替个人追求，由于媚俗，人们往往会扭曲自我的价值判断以迎合整体的价值取向。

“你家是开衣店的吗？”我开玩笑地问。

她说自己是服装设计师，设计了一个返璞归真系列，品牌名叫田园风。那是她自己的梦想，是她最喜欢的风格，但是销量很不好，众人都说“哪里穿得出去”。公司赔了很多钱，她被辞退了，现在无业，而且也许永远无业了。说到永远无业，她自嘲地眨了眨眼睛。

“这样也好，你看，全部都由我自己穿了。”笑意从嘴角流出，婉转而零落，我知道她是在开玩笑。

零丁洋里叹零丁，失意的人看上去总是有一种感伤的美，如果你不是身在其中的话。我有一份忙碌而踏实的工作，也有一颗闲散而幽静的心。我知道面包的火候，同样也熟悉文学的词句。似乎在安慰，我轻松而恰恰地对她说："张爱玲说太大的衣服另有一种特殊的诱惑性，走起路来，一波未平，一波又起，有人的地方是人在颤抖，无人的地方是衣服在颤抖，虚虚实实，极其神秘。你的田园风颇有张爱玲之风，我非常喜欢而且欣赏。"

"你真的喜欢吗？"她深邃的眸子幽深如井。

我说是的。这正是我的style嘛，在心里规划了很久，但我不是设计师，蓝图只是蓝图。我想要买几件，问可方便，我没有说谎，我确实一直想要一套属于自己的衣装。

后来她送我几套，因为知音难觅，她说是终于为自己的理想找到一个出口。

"理想终归是理想，你仍旧是设计师，可以设计一些大众喜欢的式样嘛。"我说。

她摇了摇头，说她不会为了生存玷污理想，她要像《美国丽人》里那个中年男子一样了，要去卖便当，或者在咖啡馆、书吧做个简单、不用动脑筋的侍者。

生命在一呼一吸之间

伟伟请老郭和我去吃火锅，走了好远的路。

伟伟问我喜欢吃火锅还是西餐。我说得看情境吧，火锅很温馨，很泼辣；西餐很冷，很静。不一样的心情。伟伟说她只喜欢吃火锅，她是没品位的人。

我想起，我年轻的时候很多男孩子喜欢；老了，很多女孩子喜欢。朋友，有时候是个很享受的词。伟伟却说，男孩子女孩子都不喜欢她。

伟伟说老郭要去旅行，她想跟着去，他说下辈子吧。她就让我帮她想办法，怎么才能让他带上她呢？

我想不到办法。只好说："可以自己去嘛。"

有些人生来就是被别人爱的，有些人生来就是被别人记住的。那天，房东七岁的女儿也叫着："可以找老郭啊。"

或是要体味《不能承受的生命之轻》中托马斯的"轻"，老郭的情人也是三天两头地换。他说爱情就像登山，我说看着一山比一山高吧，黑熊掰棒子，掰一个掉一个。他说你不懂，真正的爱情是过程，为了责任、为了归宿、为了承诺绑在一起，早晚会让爱情变了味，味同嚼蜡。

当他再次交到一90后小女友时，我不禁要怒了：怪不得我弟弟没有女朋友，人家90后的小女孩全被你们这70后大叔给垄断了。他嘻嘻笑着，一副忠厚老实相。看他这样识趣，我也只好向他请教怎样给我弟弟也找个优秀女友。他倒诚实："我多是从豆瓣交到的，人家看了我写的诗就来找我，来者不拒方为礼嘛。"

"我弟弟不会写诗。"

"叫他到你的书里去抄几句，隔三差五地发上那么一首就行。"

"敢情你那些诗都是抄来的啊。"

他又嘻嘻笑着说"不是"。

这话我倒信，老郭是我认识的最有才华者之一。他说：“我不再读书了，书已经不能再给我新的东西，思想体系已经形成，书对我再不会有什么改变了。”这才子就专门剩下写诗了。

我曾风流美人帐，颠倒梦想乌有乡。
一念白发到无常，谁与拈花细商量？

一边在美人帐风流一边思考那个拈花细商量的人在哪儿，真可谓醉生梦死温柔乡了。老郭常说：“爱本身就是一种需要，有需要就不会完全。爱是一种需要的话，爱上一个人，是爱上他需要的那部分，而另外不需要的部分，在恋爱初期会被隐藏起来。爱一个如其所是的人，其实也是爱她这个‘是’对发出爱的行为的人表现出来的某种需要。”

作为朋友，其实老郭算得上个有趣味的人。有一次要去书展，我一路约了很多朋友，当约到老郭时，他嘻嘻笑着说：“轻易不出来一趟，一出来要一箭多雕啊。”还记得有一次，他问我坐哪趟车回家，我像小孩子一样一一列举，他说：“你有很多选择啊。”说话总是语带双关，引人遐想。我想这就是他惯用的伎俩吧，任是谁也要调侃上两句，抑或是在不由自主地自怜身世。一箭多雕太累了，而面临很多选择的时候也就意味着没有选择。我轻笑着不置可否，看起来可以是会心一笑也可以是天真懵懂，之后的日子选择性地诠释怎么解释都行了。他说我是一个理想主义者，而理想主义者总难免成为虚无主义者，然后会成为厌世主义者。反之亦然，这些看似虚无主义的人，其实内心里才最需要温暖，才是最温暖的，当他们爱的时候，会全部给予。所以我谈到了承诺、家庭和责任。

他却是一个生活在规矩之外的人。也许所有的人都是立体人，但在社会习俗的压制下变成扁平，戴着千篇一律的人格面具。老郭倒活得真实，因为我们大家的婚姻都在日渐走向坟墓，爱情始终不是一种责任。方方的小说《在我的开始是我的结束》中写一个名叫黄苏子的女人，冰冷而美丽，被人们称为“僵尸佳丽”，在学校时把一个追求她的男孩子的情书交给老师，作为校长的父亲把这个男孩开除。很多年后，当她成了高级白领，又遇到这个男孩，从来都是被人敬而远之的黄苏子一刹那便被他点燃，然而他一边穿衣服一边说：我现在已经有了老婆孩子，找你不过是为了报当年的仇。一向不苟言笑从未说过粗口的黄苏子开骂了，脏话像污水淹得他透不过气来。从此，黄苏子白天是冷艳的白领丽人，晚上是琵琶坊的妓女——像在吸毒，一走进去便兴奋地战栗，如果一天不能去，就萎蘼。那是她唯一获得快感的地方。当警察搜查琵琶坊，苏子暴露后，所有的人都唏嘘。其实我想，每个人都有很多面，只不过在规训之内只表现被允许的那一面。老郭说："规训之外，自有风景。"规训之外的风景才是最真实的吧？梭罗说："我宁可不要爱情、金钱、信仰、名誉、公平，也要事实的真相。"真相从来只在离经叛道的人手中，他们掌握着真理。

心没有栖息的地方，到哪里都是流浪。老郭说家庭只是一个居住的场所，有时候还是囚牢，猜疑、背叛、不满、鸡毛蒜皮、朝三暮四，很快就把爱情葬送了。此心安处是吾乡，此心安处从来都不与家庭概念重合。所以他不要家庭，是为了寻求更纯粹的东西。也不要心灵归宿，人类在生成中，一切都在生成中，归宿意味着静止。除非死亡，否则人永远不会停止追逐的脚步，他贲发的热情，只能"在路上"。

那是他个人的宗教。他说："何谓宗教？其实就是让人生死无悔的艺术。"任何宗教，只要能藉由美善而方便的教法，让人意识到生命、爱和死亡的价值，使人活着时尽享一呼一吸的幸福与喜悦，不必忧患死亡，使人死亡时没有恐惧，走得安详宁静，不必担心此生虚度，就是值得皈依的好宗教。

人生无聊才读书

我认识一个书蠹般的人，他给自己取名为：人生无聊才读书。在我的眼中，他总是处于叔本华钟摆论的一端：无聊。“无聊”读书不为济世，不为稻粱，就因为无聊。

有一天晚上我们讨论东西方文学的优劣到凌晨，他说西方人有钻研到底的科学精神，有科学家、哲学家、心理学家，而中国人自古陷入官本位，中国文化很狭隘，文人不是出仕便是归隐，西方文化的多元化能够给人带来生活和内心的丰富性和自由。其实我也是这么认为的，但偏偏喜欢做反方，结果是输。在他步步紧逼之下，我只好左暗示右暗示时间不早，该关电脑，他却一点不理会，仿佛找到一个倾倒思想的出口，把他读过的书，消化过的思想，加上自己的创造，源源输送给我这个不小心打开他缺口的不速之客。

他说为了把跟了几年的存书看完，竭力克制自己买新书，终于清了底，必看的书都看完了。又为自己准备出几本应该重读的书来，其中一本是博尔赫斯，简直惊叹又惊叹，看了博尔赫斯才明白什么是想象力——一本书，开头几段就能看出作者的底蕴，值不值得读下去，是从语言判断。跟博尔赫斯相比，海明威和杜拉斯实在算不上什么，他们靠情绪推动，质地过于稀疏。而菲茨杰拉德的密度是语言词汇的密度，这也容易获得。然而，博氏的密度却不仅仅是语言——他的语言密度不消说是无人可比的，词汇相当陌生，给人新奇感——还有意象、哲理，仿佛穿越丛林，你必须聚精会神，稍有疏忽就全段不解其意了，简直有精疲力竭之感。这是一种冒险。

读到激动的时候，时时想到死，像某种极乐时刻，精神的，我愿意就此死去。

我知道不停地阅读在现世生活中是一种奢侈，它并不会永远持续。

记得先前读普鲁斯特时，书本身仿佛推动着我，令我不能停下来。斯万的爱情：他爱上一个女人，只是令一幅画像尽量接近她的面容。他疯狂地徘徊，在梦中，终于醒悟，他其实爱的并不是这个女人，第一部结束。我以为他放弃了她，可是第二部开始的时候，他却娶了她。多么不可思议，多么让人头疼，这样一个庸俗的女子把他拉入平庸，让他失去进入上流社会的机会。这倒也罢了，他的谈吐变得那么乏味和虚伪，甚至逢迎。以前的他是多么骄傲啊，平易且高贵的骄傲。第二部里有个画家让我喜欢，他对艺术的见解是我看过的书内最精辟的。还有几个小人物——夏吕尔、里昂，都性格鲜明，煞是可爱。

我曾经想，只有七部，等我读完的时候就再也没有了。我总是这样，只能往高处走，不能再读比我读过的书差的东西，一边极飞快地向前，一边想着退路。我想，等我读完第七部的时候，就自杀。这是一种尽，臆想的。

然而读到第三部后半部分的时候，我开始失望了——冗长而乏味——我不知道是怎么回事。译者说很多国内外的评论家都对这部分保持沉默，没有人敢去否定他，也没有人做出相应的解释。我想会不会是普鲁斯特故意用这种乏味的笔调来表现上流社会的乏味呢，如此理解太牵强。

从此，我不再想为普鲁斯特而死。虽然后面几部据说写得更好……

我想，“无聊”独自一人在那所房子里像躺在睡榻上的普鲁斯特，普氏冥想，他阅读，在时间中，却与时间相忘，外面那些人、那些事、那些貌似感情的东西于他又有什么关系呢？他的签名是：天地无常，大美生焉；万法无我，安宁归焉。

阅读最是能够让人安宁的事情，还有比在艺术里沉沦更享受的事情吗？正如“无聊”所说，阅读在现世生活中是一种奢侈，他早就看清行走于世的两难选择，像《荒野生存》里的克里斯把自己放逐到荒野中去。深深地体味着萨特“他人即地狱”的感喟，人与人的悖论性关系。他说，他有恐婚症。我想，是害怕责任吧，责任与自由，从来难两全。他选择了自由，也是因为本性的善良，因为任何个人的自由，必然牺牲他者的安宁和自由。他不愿他者成为牺牲品。

他在思考存在与虚无：

臭名昭著的存在
请接受我掷向你的恶毒诗句
你从不给我民主
我也不会对你抒情

思想带来痛苦
不思想又会变得愚蠢
冲动固然美好
过后却只有独尝苦果

偶然性的祸根
混乱的宇宙
为什么我必须忍受
我全部之所是?

成为自己?
幼稚的骗局
除非我在时间之外

秩序之外

超越是讨好人的梦幻
奴役才是唯一的真理
善的规训的好处
人总得通过屠杀来领会

犯罪使无罪成为合法
仇恨让爱变得伟大
但是为何，存在
却总委身于历史的肮脏妓院

委身于权力与驯服
然后成为符号
获得合法的生存
合法的死亡

死亡难道只是

认识生命的桥梁
赋予存在以权利
以求得到永恒的虚无?

有朋友指责我关在自己的文字世界里，不谙世事，他说："我都怀疑你没有生活过，在你的文字里看不到众生，只有你自己，这样文学之路会越走越窄。"我很沮丧，问"无聊"："生活是什么？什么才算真正地活过？""无聊"告诉我："要是真能逃离当下的世俗生活而完全进入文学世界，那也是一种难得的幸福，其实任何一种生活都是真实的，只要生活在其中的人乐在其中。生活本身就是你深入进去后所喜欢的那种生活的样式，从长远的角度，如佛家所说，万法唯心，境由心生。你看什么是真实，什么是虚假，根本不存在真实和虚假之别。加缪其实是很主张活在当下的，你看他的《西西弗的神话》，即使明知世界冰冷，也要尽力燃烧。当然，他是为某个伟大的思想和价值燃烧，对我们而言，我们为自己燃烧即可，为自己的小癖好、小生活、小自我燃烧，每一个个体活得足够内在和真实，这个社会和国家才是真实的，而不是神话。文学家、思想家难免会追求普世价值和更宏大的人类目标，这几乎是文化的传统，其实不必刻意追求这个，当你写的东西足够深入真实的时候，就已经暗合他们的追求了。因为足够深入真实的东西就是普世价值真正的内涵本身，一旦沾染上传统，私人的写作就会被纳入传统的价值体系而受其影响。”

真正的获救者

那一年，我刚来到北京，被感冒和伤风折磨得死气沉沉，坐在办公室里像个机械人。有一天下午，静说："我们出去走走，我带了相机。"梧桐叶子像蝴蝶一样纷纷落着，林荫路上一片静穆。她说："这是法国梧桐，叶片比中国梧桐要小得多。"我们进了一个高档小区，里面非常安静，靠近边缘的地方有几条长椅，还有一个木架，架子上搭满长藤，几朵不知名字的花伸出来。她让我站在绿藤下面给我拍照，还要我假模假样地拿着一本书。后来我给她拍，她坐在长椅上，静静的侧影忽然让我想到

“人淡如菊”这个词。相比之下，我真是太激烈了，那本浅绿色封面的书在她手中才是相得益彰。同样是看菲茨杰拉德，我看到的是不纯粹的自欺欺人的讽刺，她看到的是爱情逝去的忧伤。

忧伤一再淡化，便成了唯美的记忆。记得她写过一篇很短的日志：她一个人回家，走到家门口突然收到了他的短信，“你想我结婚吗？”被她看成了“你想和我结婚吗？”手里拿着门卡，却怎么也插不进去了……

她的心一时乱了。

那是很久以前的事情了，现在静已经结了婚，一个正直体贴的丈夫，一个聪明可爱的儿子。接儿子放学，煮煮饭，然后就是大把大把的时间，用来阅读、写作。她仿佛躺在时光中，安静得像光年。我有时候怀疑，阅读和写作是不是她的另一种回忆方式。曾经有一个朋友对我说，每一段回忆都是美好的，记忆也是一种拥有。我不理解，因为我确定，他们任一个人想到我的时候，像看到伤疤，一定要绕行的。我又偏激又刻薄又残忍又恶毒。原来他们那美好的记忆是存在的，因为还有静这样的人。

她说，她在文字里找共鸣、默契，和似曾相识，她写字是为了找一个出口。苏童说：“我一直觉得如果一个年轻人有写作的习惯，它会让你比别人多出一种生活。你在忙碌地应付工作、房租这种问题之外，你会有一个内心生活；而很多过于忙碌而没有这种写作习惯的人，他往往很难去那么直接地建立自己的内心和精神生活。”

静不是作家，只是常写博客，只为自己。我常对她说：“你的文字有卡佛的味道。”

两点钟的时候跑到客厅去读《丽江的柔软时光》，然后听见YY起床的声音，还以为她是上厕所，结果她开了门只是关了灯，又回去了。所有的文字在刹那间全都不见。她是闭着眼走出来关灯的吧，所以没有看见蜷缩在沙发里的我。我默默地没出声，担心一讲话会吓到她。等她回去再睡下，我在黑暗中摸索着回了房间。

依旧睡不去，于是再起身。刚起来的时候外面稍有点亮了，分不清是月光还是晨光。现在，再望向窗外，却是一片肃杀的黑色。这就是黎明吧，最黑暗的时候。

卡夫卡说：“无论什么人，只要你活着的时候就有应付不了的生活，就应该用一只手挡开点笼罩你命运的绝望。但同时，你可以用另一只手草草记下你在废墟中看到的一切，因为你和别人看到的不同，而且更多，总之，你在自己的有生之年就已经死了，但你却是真正的获救者。”

写作是一种吞噬。这好像是杜拉斯说的，静很喜欢引用杜拉斯。她在我哭泣的时候说：即使哭泣无济于事，我认为也应该哭泣，因为绝望是可以触知的。这也是引用杜拉斯的，静从不绝望，却能感知我的绝望。

有一次我忍不住说：“我们什么要去装饰别人的记忆？”

她说：人生已经足够艰难，人何苦为难人。

我说我陷入梦魇中，时时想到自杀。她说去寺庙里摸摸佛像，我说我不信任何宗教。“迈进大殿，你就会不由自主地感觉到一种庄严、静穆的气氛，即使不信、不了解，心也会变得宁静。又没有什么损失，你何不去试试呢？”我至今没有去试，但我想，她的宁静是否从此而来？

对于静这样悠闲度日没什么远大理想的人来说，写作就是情绪宣泄的出口，所谓的宏大叙事与她是无干的。梭罗说：没有任何气味比走了味的行善更难闻的了。如果你手头富足，就像椰枣树那样慷慨，但如果你手头没有能够施舍的，就像柏树那样，做个自由人吧。静就像那棵自给自足的树，管他春夏秋冬，只躲在自己的小楼里，冷眼看世事浮沉。

当自由人不知不觉成了才女，就开始遭人诟病了。有一个朋友说，才女也是女神，与女神经一字之差。

几千年过去了，女人仍被诋毁。男人这样说，是因为无法驾驭的怨恨；而女人也这样说，纯粹是因为自己没有才华而嫉妒。

天才在天妒人怨中夭折。天才在自我毁灭的同时，也在被庸人毁损。

尼采为那匹马哭泣，我为尼采哭泣。

安·兰德说：“不能把这个世界拱手让给那些我们鄙视的人。”其实不是让位，是不屑于争。我们为什么要跟那些我们鄙视的人去争呢？我们为什么要为那些我们鄙视的人花时间呢？他们的时间是用来诋毁的，我们的时间用来写作，挡开笼罩命运的绝望，草草记下在废墟中看到的一切，为自己那颗心，为获救。

此心安处是吾家

君又搬了新家。在这个城市里，我们就像背着房子的蜗牛，两个行李箱，一副碗筷，随着工作移动。跟朋友们吃过饭，回家太远，就直接去了君的新居。独立的一居室，一张床，一张桌子，一个小几，一把椅子。桌角上摆了三个不同形状的贝壳，她说："这是我从海南带回来的，知道你也喜欢，你挑一个吧。"桌上斜放了一排书，书上方贴着几张明信片，几个布艺装饰。有一个层层布料围成的菱形，看上去似乎在翻动，像在扩张又像是在缩小，迷宫一般。我问她，你从哪里买的？她说是她自己做的。我感到惊奇，说，从来没有见你有什么DIY的本领嘛。她笑了，“我以前哪有时间啊，每天上班那么忙，回来还要给他做饭，洗衣服。”我知道“他”是指她的男友，一棵花心的萝卜。

“这一次是真的了吧？”我玩笑着问。他们分了千百次了。

她一下就会意，也跟着笑起来：“这次已经持续很久了，肯定成真了。”

“新的目标是？”我知道君不是一朵孤芳自赏的百合，也不是带刺的玫瑰，她温厚、持重、健康、明朗，是一朵盛妆的牡丹，便又打趣，“你若盛开，蝴蝶自来。”

君微笑着——她以前喜欢大笑，我正疑惑着这样的变化，接着她便说，她现在的修行已经有效果，她的内心安宁沉静，能够平静地面对曾经沧海的男友带新交的小女友来她家里玩，她称她为小妹妹。

我又开始动用我所酷爱的心理分析，想：其实这一“小”字已经暴露了她的内心，这不是无所谓的安宁，而是自信。她知道他怎么玩，结局跟谁在一起，都不重要，她才是他真正的解语人。每个人的内心都有一个位置，只为某一特定的人保留，而生活在身边的多是同床异梦。我把这称为潜意识解读。也许她要抗议了，又以己度人，拿自己的故事去套别人的心。我的故事，她知道的最多。我说，“以我的聪明？”他说，“以你的自负。”我就这样年复一年，自以为是地以为着，那个位置，永远是我的，无人能代替。我因此而安心，遗忘，珍藏，去搅乱外面的风景。君看来是无意搅乱外面的风景了，这朵牡丹闭合如花苞，闭门不见客了。

她还让我欣赏她手做的拼布小被子，由一块块不同花色的正方形碎布拼接而成，每块布四周又用牙口剪刀剪出牙口，中间固定，四周层层叠叠的牙口增加了拼布被子的立体感，远看就像围了一圈花边，显得隆重又喜庆。

“我现在的工作不忙，每天十一点到公司就行，不但双休，周四下午还有半天休息。我就开始鼓捣这些，每件都像我的宝贝一样。别人养宠物，我自己动手制作宠物，你看，还有布老虎枕头，兔子围裙——”

“呃，我想起来了，你是属虎的还是属兔的来着？”

“你这也叫想起来了？”

我问她，她为了惩罚我的忘记，就是不说。我们打闹着在她的床上翻滚，躺在一堆布料里，感觉很舒服，安静恬适。像在——一时想不到词，她问我像在什么，像在——家里，我终于说。“本来就是在家里嘛。”她笑吟吟的，其实已经明白我的表达，却故意反驳，是不想太煽情。

“你可真不怕麻烦。”我说。

“房子是租来的，可是我的生活不是租来的。”她说，“每时每刻都不能让它沮丧地溜走，这就叫作‘热爱生命’。”

“你是那个受伤的人呢还是那条饥饿的狼？”

“呵呵，”她笑起来，“有你这么刻薄的吗？”

“杰克·伦敦不就是那样表现热爱生命的吗？”

“我用得着他那么激烈吗？我是宠辱不惊，去留无意。”

“哟哟哟，你真是修炼成佛了。”我在她的小房子里转了一圈，“你收拾得还挺干净，一点尘土都没有。”

“每天扫一遍嘛。”

“哪有那么多的时间？”我想起我的客厅里那张玻璃桌上的茶盒和杯子，有一次堂兄来，抓起茶盒，说：“咦，你有好茶叶啊。”一抓抓了一手灰尘。他撇撇嘴想说什么，却鉴于我们几年没见面了，思量了一下没说。另一个朋友却说：“外面看着像神殿，怎么进了屋感觉进了破庙似的？”还夸张地左右端详，“就差蜘蛛网了。”

“早晨起床，拿鸡毛掸子随手一拂能用几分钟？”

“呃——心如明镜台，时时勤拂拭。功课做得挺好。”我又开她的玩笑。

晚上吃过饭，洗了澡，我便爬上床。她趿着拖鞋拿过一杆弯弯的长长的台灯来，这台灯也很有特色，垂着头，像一个低眉俯首的女子。

我们在被窝里看电影，一边下载一边看，是《源氏物语》。书早就看过了，电影的画面更是美，穿着宽大和服的女子娉婷袅娜，走在飘了一地红色花瓣的庭院中，空灵而美，每个镜头都像一幅水墨画，氤氲着花香、果香。

一直到半夜，我不能入睡，只觉得身下呼呼的风，从背脊往上钻。同一床被子，她却睡得香甜，我又不忍弄醒她，只得熬着。后来跟小妹谈起，小妹比我还刻薄：人家那是健康，白白胖胖的，哪像你皮包骨头，迅速腐朽中。

奔赴万年之后的浪漫理想，

在原始森林里沦陷，华丽的辞藻，衍生着虚伪的嘲笑！

当所有的誓言几经风化，你是否依然在等待？

光影世界是另一个故乡

一个七岁小女孩的墓碑上写着：她到这个世界来看了看，觉得不满意，就回去了。关于这个世界还有很多人不满意，有些在机械地流连，随着人潮旋转；有些人怀着希望，把幸福寄予明天；有些人干脆沉浸到另一个世界——电影世界中去，与角色同悲欢，共命运。

芦就是一个埋进光影世界的人。去年跟他聊电影，直到过了正午，他要去吃饭，十分钟后又接着聊，我为这速度惊奇，不由得问吃的什么，一根黄瓜一个馒头一点咸菜。“好简单的饭菜。”那个时候我就说有机会一定请他吃饭。可是这次到了沈阳，他一次机会都不给我，总是抢着付账。

我去见芦是为了拷贝电影，怀着磨砺思想、架构小说的伟大目标，然而见了他，这目标不由自主地收敛了。白皙的面庞，深邃的眼睛，脸上毫无一点我经常见到的汲汲以求的焦虑。

芦坐在咖啡馆的一角，免费给来见他的众多认识的不认识的朋友拷贝电影。其名曰：赠人玫瑰，手有余香。赠人电影，余音绕梁。这位“闲人”本着“独乐乐不如众乐乐”的心情，打着“院线烂片如云，佳片总是难觅，资源都在网上，云深不知去向，好东西，美在分享”的口号，轰轰烈烈又幽静娴雅。

电影一边源源流入硬盘，他一边跟我聊天。

“真可惜，我没有在你做活动的时候来。”

“那活动是咖啡馆的要求，其实我并不喜欢。你现在来更好，我们都不是那种爱热闹的人。”

我仿佛被他看穿了一样，沉默了。想起年前一个出道不久的演员让我给她写传记，她说，她不是演员，她是明星，她要做大明星，走在舞台上，被四面八方的镁光灯照亮……

我有幸被芦邀请到家里参观他的书房。除了几架书以外，竟有两个大格子排满了光盘，他说那是这些年下载的电影，一格有几十个光盘包，一包有十几张光盘，一张光盘有几百部电影……真是一笔丰厚的财富，看得我眼馋。

“你哪来那么多时间看电影？”我问。

“贵在坚持，积少成多嘛。”他以开玩笑的口气答我，见我不满意这样的敷衍，便说：“其实我每天白天晚上都在看电影。”

“你不用工作吗？”

“下午在咖啡馆占一下星盘，有生活基本开销就行了。”

我又想起了他的简单午饭：一根黄瓜、一个馒头、一点咸菜。“会不会营养不足？”

“你看我不是很健康嘛。有专家研究表明，合理膳食植物就可以包含了人类所需要的一切营养，肉类所含的基酸只会引发人的欲望。我是一个物质欲望不强的人。”

“难得。”我半讥讽半玩笑地说，“欲望不强的人大多是无用之人。”

他看出我的不屑，不管我的讥讽，仍旧笑着说：“生活原本很简单的，人真正需要的其实很少很少，我们不该把时间浪费在自己不喜欢做的事情上，人人生而自由啊。梭罗说，用大半生美好的时间挣钱，为了在生命最没有价值的部分去享受靠不住的自由。”

“你用大半生的时间来看电影吗？”我不解地问。

“我用大半生的时间来做我喜欢的事情，恰恰看电影就是。”

“你对电影如数家珍，可以写本关于电影的书嘛。”

“我最不喜欢看关于电影的评论介绍之类的书，电影要亲自享受的，看别人抽出的东西那不是自欺欺人吗？”

我忽然意识到了自己的功利，第一次无可辩驳。

他见状就开了电脑，我们一起看《大河恋》。

布拉德·皮特饰演的保罗真是太帅了，调皮、阳光、执着、率真，都不知道还有谁能把这个角色诠释得更好。

保罗问诺曼：“你长大想当什么？”诺曼回答说：“牧师，钓鱼人。”想了想又说：“或者拳击手。”他反问保罗，保罗却回答：“拳击手或者钓鱼人。”诺曼问：“没有牧师么？”保罗回答说：“没有。”可是，这个世界上没有钓鱼这个职业啊，保罗的愿望显得那么不合时宜。成年的保罗笑得那么灿烂，却总是隐隐地给人不安的感觉。果然，他不久就因为赌债死在胡同里。对于前因后果，对于杀人场面，导演都轻轻一笔带过，观众只能从他听到哥哥诺曼被芝加哥大学录用并向钟爱的女子求婚成功时脸上露出那抹复杂的神情中感觉到了阴霾。别人的正常生活更凸显了他的愿望的“荒唐”。有责任感的哥哥诺曼按部就班，一步步实现着自己的理想，一派欣欣向荣相，他一直注视着这个难懂的弟弟，有欣赏也有忧虑。父亲在保罗的葬礼上说：“在我们生命中，有那样一些人，无论我们与他们多么亲近，无论我们多关切他们，我们仍旧无能为力。可是后来，我开始明白，无论我们对他们有多么地不了解，我们至少还是可以爱他们的。”

我望着芦，想：无论我对他有多么地不了解，至少我可以把他当兄弟的。我嬉笑着掩饰悲伤，很快便庆幸这怜惜只是自作多情。芦不是保罗，没有西方人那种数学思维的纠结，他真正领略到中国古人的疏阔。

这是我在网上抱怨他的电影时弄明白的。“你的电影品位真不高，还十佳导演，最好前两百部，看起来良莠不齐嘛。”因为我想到了另一个朋友的电影，部部都是精品，每看一场都有殚尽竭思之感，芦却说：“你干吗老是到电影里找思想、找技法，累不累啊？”刹那间恍然：陶渊明的“好读书不求甚解”大抵如此吧。但是我仍旧抓住不放地嘲笑他：醉生梦死。

他感叹着说："庄周梦蝶，什么是真什么是假，什么是实相什么是虚幻呢？"

此时我也想起庄子的另一句话："无用之用，无为而于已有为。"职业都是为别人做的，当没有这个职业时，你就能为自己做点什么了。没有人告诉保罗，芦却早就知道"无用之用，方是大用"。

身体和灵魂，总有一个要在路上

记得一部桂纶镁演的电影中，父亲让姐妹两个选，或者去国外一所大学读书，或者去环游世界，桂纶镁选择了背包旅行。这仿佛是一个隐喻，或者读万卷书，或者行万里路，人生中最有意义的两件事。

星宇每次打电话来向我报告他到哪一站了，我都感觉到他在很远很远的地方，他的声音很大，但是被风撕裂着，只能勉强听得清。“我现在在雪域高原了。”我仿佛看见他额前头发被风吹得盖住了那双睥睨世俗的眼睛，闪亮，深邃，充满欢乐地望着前方。

他是一个摄影师，一个并不著名的摄影师。他的作品很随意，主要是为了记录足迹，有时会向报社或杂志投稿。有次我问他微薄的稿费如何支撑他那永远在路上的状态，他说边走边挣旅费嘛。据说他有个有钱的姐姐，在加拿大有大片的葡萄酒庄园，一直想把他培养成一名艺术家。但是他更喜欢行走，说是人生苦短，到处看看。星宇看上去又低调又顽皮。

他总是发一些照片给我，大理的蓝天白云，凤凰的木屋和红灯笼，甚至鼓浪屿小吃。星宇说："几年前我去密山的时候在兴凯湖边玩了两天，那湖在中俄边境上，湖很大。"

我说："这样的生活才有味，我再不出去就走不动了。"

"东北边境小镇，小城玩的好处是随时可以去，不像西藏云南那边的交界处，要开边境通行证。好多卖苏联纪念品的，都是假的，中国人造的，我一件也没买。就是湖好大，好冷，坐着几个小时不动也不会厌倦。"

专注的人都是单纯的人。我仿佛看到一个大孩子坐在湖边，安静得就像湖边的一棵树，从一出生便与那片湖融为一体了。他的目光平静、淡然、幽远，还有一点点茫然。这茫然不是对生活的无措，不是对前途的焦虑，而是对宇宙之浩渺的一点迷惑，对大自然之神奇不由自主的神往。这让我想起星宇谈过的他第一次爱恋的人，是他的女老师，那时候他十来岁，看着老师给他们讲自己喜欢下雨，喜欢盯着雨水在玻璃上流淌……他说，一个二十多岁的女子仍旧保持着这样的童心，她一定是个很纯净的人。

“那湖叫兴凯湖。水和水产生的倒影，那样的湖水和倒影在内地完全看不到的，内地再大的湖也就是一片绿或者一片蓝，没有那种水影。”

“那它的水是什么颜色？”

“呵呵，不是蓝色，也不是绿色，一缕一缕的那种色彩。深色成为浅色的倒影，通透感强，内地的仔细看都有污染的痕迹。”

“呃，现在再去看，可能也污染了。”

“应该还是没有太大污染，人太少，太冷，没人愿意去。我好像是七月去的，晚上还得盖被子，白天早晚也冷。”

“再说我就开始嫉妒了。要么读书要么旅行，人的时间就那么多。”我不知道我是不是在为自己找借口，星宇读的书并不比我少。

“网络真是牛啊，你居然认识鸡西这么边远的，这对东北人来说也算是边地了。”

“你去都去过了，还不许我认识？”

“你不知道那地方有多远。我后来还想去漠河。想去漠河是看了迟子建还是王小妮的散文，里面有一篇写得好动人呢。文章早忘光了，那种感觉还记得。大城市都一个样，中国的大城市尤其如此，没看头。”

“我也对边地感兴趣，因为内心荒凉，但是一个人走在荒凉的地方多可怕啊。我很想体会一人在荒野的感觉，只是不敢。”

“我也不喜欢集体行动。一个人看着那么大一片水，水影摇曳，寒气袅袅，顿时物我两忘，要是身边一大群人就没有那种感觉了。”

“嗯，说不定会跳下去。”

他没有理会我的无厘头，接着说：“我盯着那水看很久，总怀疑一声巨响，从水里出来个巨型怪物什么的。特别神秘，幽深感更加深了神秘感。内地的湖再大都有烟火气，有船有人有各种声音，那里真没有，一点都没有。”

“这一生怎么也得去体会一下那种非人间的感觉吧。”

我觉得他就是一个诗人。

“那有没有艳遇呢？”我关心地问。

“有一次在车站遇到一个女孩，极美，尤其是那双眼睛被长睫毛一张一合地遮掩着，显得很神秘，但是当时却流露着无助的凄凉。她在向众人求助，摇摇晃晃，站也站不稳，好像是病了，却身无分文。很多人都像躲瘟疫一样躲开她，她摇晃着向我走来——我给了她三百块钱，当时兜里就只有三百块的现金了。递给她后我赶紧走开了，也不知道心里怕着什么。”我知道他怕着什么，有时候施恩的人比受惠者更尴尬。他很善良。

同一件事情，在善良温厚的人那里是一个童话，理智、清醒的人总要去拆穿它。但是我终究不忍心拆穿。虽然在这个故事的开始，我已经把它和另一件事联系在一起了。记得年前我回老家，一个青年男子站在取票口对我说：“麻烦借我二十八块钱行吗？我只要买一张去天津的火车票。”我看了看他，衣装整洁，甚至还小有特色。我疲倦而急躁地说：“你是想要钱吗？”他说：“我不是要钱，是借钱。我回去马上还你，你把手机号给我，我给你买张充值卡就行。”我仍旧迷糊着不明所以地问：“你就是想要钱是吧？”但是已经拿出了钱包。几十块钱我并没有想让他还，但是他一定要我的手机号，还打了一下，我急着走，也没在意。后来跟妹妹说起，她说你遇到骗子了。我不相信，一个如此完整光鲜的青年男子为了几十块钱去说谎？但是手机一直没有充值的消息。我想他一定是忘记了，但是还是忍不住去网上搜索那个号码，是一个频繁遭到举报的号码。我一下笑了。星宇讲到他所谓的“艳遇”时，我装得很认真地听，其实心里已经在笑了。

第二辑 事

神笔马良

北京连续高温，空气像着了火，我在热浪里穿行。一边回忆昨晚看过的电影《美国丽人》：男主人公辞去报社里的工作，把车停在快餐店前，说，想找份不动脑筋的活儿干。我也想逃离，逃离我的工作，逃离那些虚伪的书籍，逃离身边的人。我喜欢荒无人烟。厌倦，终于厌倦。

生活和人。

站牌下的长椅上，我再次看到那对母女。她们总是睡在马路旁边的长椅上，枕着一个破旧的牛仔布包，我看到过好几次了。

或坐或躺，那么热的天，女儿躺在母亲的怀里，相依睡去，睡得很死。

今天不一样，她们醒着，我不由多看了一眼。母亲粗糙枯黄的头发盘在头上，看不到她的脸，只露着半截起了皱褶的脖子；女儿十二三岁的样子，编了两只辫子，紧紧的，仿佛要把头发连根拽下来，高高地梳上去，又折下来，一双呼闪闪的大眼睛。我想，如果不是皮肤太黑太黄，她一定是个美丽的女孩儿。她的肤色太粗糙了，像她的母亲，穿了一层死鱼皮——那经受过多少阳光的灼烧啊！

灼不痛，她的脸在太阳底下开出了花。

长椅旁边放着一个硕大的浅灰色的塑料袋子，里面挤满了可乐瓶、纸烟盒之类的东西，大概能卖一些钱。一个早晨，成果丰硕，所以歇了，吃着早餐。母亲端着一盒水饺，自己吃一个，再向女儿嘴里送一个。女儿便把手中的书摊在母亲膝上，等吃完一个又把书拿起来，她读，读给母亲听。应该是一个简单又温馨的故事，因为她读得开心，母亲也听得有趣。

我走过去了，但又回了头，瞥见书上几个大字：神笔马良。很多年以前，我也给我的母亲读书，海子的诗——《村庄》。我想她们应该生活在村庄，而不是到这个让人窒息的大都市里来。或者，她们根本就没有自己的村庄了。或者，我的安排太多余。子非鱼，焉知鱼之乐。简单的生活，简单的快乐。我看得出，她们是快乐的。

终于走到公司里，冷气袭来，舒服了许多。坐在办公桌前，我想通了一件事，我需要的仅仅是简单的快乐，我嫌厌自己的矫情。我开始相信幸福与否不是状态而是心态的问题，我开始读公司做的书：《舍得》《阳光心态》《不抱怨的世界》。

总算熬过了整个夏天，我想如果我有机会再见到她们，应该对她们说声谢谢。

北方的秋天，叶子黄得快，像翩飞的蝴蝶旋转下来。我喜欢这个季节，在马路边上行走，手里拿着一本书。

长椅上，坐着那个女孩儿，只坐着那个女孩儿。我走过去，问她："你母亲呢？"

"死了，"她说，"水饺里有玻璃。"目光松散，秋天的阳光下，她的脸上没有再开出花儿来。

这个时候，我分明看见了她微微隆起的肚子，吃了一惊，书从手中脱落。

额上似乎滴下了汗，我匆匆地逃走，不经意地踩了一脚地上的书。

《舍得》的作者是个出家人，我们这些平凡人不能个个都修炼成佛。

我又开始厌倦，又想逃离。

童年与那只狗

早晨去乘电梯，门口坐着一只狗。

我按下电梯的按钮，等待。

电梯门一开，狗立刻走进去了。哦，我恍然大悟。原来它是在等电梯，总有一个人会来按一下按钮的。想起了一个故事：一只狗被困在房子里，门没有锁却出不来，仅仅因为那门是向里开的。再聪明的狗，也不能把爪子当成手用。

小时候，我家里一直养狗。唯一清楚记得的是最后那只四眼狗——黑色，四蹄是白色，眼睛上面是两圈白毛，像眼睛般大小，据说是美目球。那狗看起来的确美，而且不是徒有虚表，它聪明得让人惊叹，深情得让人动容。

它很小的时候来我家，胖乎乎的身子，那时正有一头小猪也来了。它们便一起，出入、吃饭、睡觉。猪长得比较快，不久就大出它两倍了。它白天出去玩，晚上，就蜷成一团到猪肚子上去睡，仿佛一只大蜗牛身上摞着一只小蜗牛。

有一次，猪也到外面逛，傍晚的时候还没有回来。我们去寻找。村前屋后，不见踪影。在路上东张西望，却见狗跟在摇摇晃晃的猪身边，正往家里走，还时不时地去叼一下不听话的猪的耳朵。狗把猪带回家了。

年底，猪就被卖掉了。

只剩下它自己。

它生了一群小狗，毛茸茸圆滚滚的，煞是可爱。可是，终究养不了那么多狗，乘它出去玩的当儿，这些小狗就被放在箱子里，送走了。它回来，朝狗窝里一看，不见了它的孩子们，不知作何想。我想定会失落。可是，它仍旧像先前一样，白天出去逛，晚上趴在大门口，只是不常去狗窝了。它一定知道是人为的过错，它对人仍旧好。忠诚，需要做出多大的牺牲啊！

后来，我们家搬到石家庄去。

狗留在老家看房子。

它饿了便去二伯那边。二伯和四叔都喜欢它，希望能留住。拿出馒头或骨头来喂它，却不想它吃饱就走，二伯笑着说：“这没良心的家伙，到时候就来吃饭，吃了就走。”其实有时候它会多逗留一会儿，跟二伯和四叔家的两只狗玩耍一阵子，但天一黑总要回家的。二伯家的狗毛发很长，显得过于肥胖，而四叔家的狗又是瘦长条的狼一样的身材，看来看去，就数我家这只黑狗漂亮。它的眼神沉静淡然，悠悠来去，有时候也窜跳，但总比胖黄狗和瘦黄狗跳得好看，轻捷稳妥又不失活泼灵动。

有一次我们回家，汽车下午才出发，回到老家的时候已是深夜。

母亲去开门，狗噌地从大门口窜出来。“咦，它还睡在这儿啊。”母亲笑着开了门。

它看到我们，摇着尾巴一个劲儿地凑上来。欢蹦乱跳的，跟着这个又去追那个。

院子里已经长满了草。它一定时常从墙上跳进来，在这熟悉的院子里散散步。可惜没有主人，这里愈见荒凉了。

夜里，它躺在汽车旁边睡觉。不知道狗会不会做梦，如果会，梦里应该有它的猪伙伴，有它的主人，还是两年前的欢乐光景。

在家待了两天又要回城了。汽车在前面缓缓开动，它在后面跟着，越跑越快，可是终究还是停下了。再也看不见了。

几次三番。

再回家的时候，我注意到它的眼神已经不是先前的沉静淡然，深深的忧郁笼罩了它，还有一丝疲惫。像个受了委屈的孩子，幽幽地跟在人的身后。

不知道为什么，竟然几天不见它的影子。都以为它贪玩，所以没在意。

只是有一天，母亲责怪父亲：给轧死了回来还不说。

父亲夜里开车在公路上走，一只兔子跟着灯光跑，狗就追着兔子跑，它想捉住它，可是，却跑到车底下去了。

它带着长久的悲伤和暂时的欢乐永远地离开了我们。

二十四桥仍在

每天晚上都去购物，准备回家的状态就像回到了人间。

给母亲买衣服，同我的喜好一样，麻料、棉布。我记不清楚到底几年没有回家了，三年抑或是五年，母亲在电话里说听到我回北京了，她和父亲兴奋得一夜没睡。几个小时的车程，从五一推到端午——近乡情怯？还是，不想打破多年来的一番苦心？曾经有一个念头，让他们逐渐习惯没有我的日子，将我忘记——有时候爱是一种负担。如果我死了，可以把痛苦减到最低。

电话里，父亲的声音意外地温暖迫切：“不请假也好，刚来别给人家留下坏印象。”

我说，同事们都很好，毕竟是有文化的人，不仅是像在宁波时那样客气的友好，更多了心灵上的共通性，读书的人——

再次从北京回家，竟然找不到汽车站了，只好坐火车。火车里空气污浊，吃不下东西，就一直看书。

下了车便是乡音，以它特有的实在、干脆在空气中震颤。

天上滴下几滴雨来。我站在檐廊下，父亲在开来接我的汽车里招手，我微笑，走过去。

他说他和母亲已经在车站等了一个多小时了。母亲从车上走下来，她老了——我那曾经被邻里公认为漂亮的母亲。

我坐在前排，母亲仍旧坐在后排，伴着那些蔬菜——临来的时候她一再地问我喜欢吃什么，我只说绿叶菜吧。一起来接我，未免隆重，也是为了买些新鲜的蔬菜——天阴着，路也不好走，在磕磕绊绊中，我问，为什么不走公路？父亲嘲笑母亲，喜欢走土路的结果。

到了家，“房子变得这么旧了。”我一边向里走一边说，灯光下的菜园。

丽丽帮母亲做饭，我开始洗脸，一路的风尘，却温馨。

豆角炒鸡蛋，家乡的烤鸭。饭菜仍旧是腻，或者，是我的胃口不好。

我们还在吃饭，丽丽就把我买给她们的东西拿出来一件件地看，她大笑着抖着父亲那件T恤衫，“像地主穿的。”父亲接过来却说他喜欢。母亲一边说北京的东西那么贵一边笑，“唉，还带了兜，给华吧。”当父亲听说母亲这一套都不如他那一件贵时，开始得意了：“什么人穿什么衣服，档次摆在那里呢。”

父亲又想起弟弟说的一句话来，更是止不住地笑，他说母亲：“这东西是美容的，你吃了可惜。”

母亲见他一味地打趣，只是笑，却无话可说。我们又讲起了弟弟。

母亲说，哪里见得到他的影子，在家里几天不是开车出去拉着他那群人去吃羊肉串，便是骑着摩托车去谁家逛。

父亲说，他现在像个混子了。

对此，我总是辩白，在我的心里，我的弟弟是最帅最聪明的弟弟。

在没有希望的时候人总是容易沉沦，我想，他的状态也是我的过错。

我轻轻地，轻轻地，
打开我的记忆之门，
抓出所有记忆的碎片，
放在阳光下晾晒，
尽管它们并不美好，
好些挂满伤痕，
被咸咸的眼泪泡成白色，
还是不愿意让它们，
自行地发霉。

丽丽不去动我给她们买回的新卡子，偏拿了我戴旧的头花问："这个是不是给人的？"

母亲就笑。

我说是。

她说："这个要藏起来，不然华来了肯定要跟我抢。"我们再次笑她。又说起了平，我告诉她们，前些天平一直在网上跟我诉苦，丽丽说，平根本不想吃饭，只喜欢吃零食，在宁波时就这样。母亲疼惜地说："我哪里想到给她去买零食，小孩来了我都没有空出去呢……"

为了让我休息好，母亲把丽丽赶到新房那边去了，我一个人躺在床上，小狗在院子里叫。我听见父亲和母亲的对话，听见父亲起床几次去制止它，他们怕它吵到我。其实我根本睡不着，不是因为它。柴门闻犬吠，它的叫声更添几分乡夜韵味，就像福克纳说的，狗的叫声更衬出夜的寂静。

天渐渐亮了，我睡着了。

很晚才起床，母亲帮我盛饭。华也来了，带着两个小孩子，孩子爷爷送他们来的。我未起身，后来丽丽说起："你怎么也不出来，人家总是问起你呢，早就想见见你。"我答："见我干吗？"

当时只是不屑，后来才想到，原来，我成了传说中的女子。

母亲和华烙肉饼，丽丽帮她看小孩。

华说："可看着是你来了，母亲一会儿嫌面皮不够圆一会儿又嫌太厚——"

小女孩跑进厨房来了，母亲让我带她出去，我拉着她的小手，很奇怪的感觉。

我给她们拿零食，聊天，费了好大劲儿才听懂一句半句。大的是男孩，小的是女孩，三岁和两岁。父亲在浇菜园，男孩一边问着他没完没了的问题，一边看父亲的手，"怎么破了？"父亲说是碰的。他把手用力撞在父亲手中的管子上，然后故意看了看说："怎么没破？"倒让大人无法作答。我在旁边看着笑。

我去丽丽家帮她装电脑，小男孩就跟在身后。又回家里拿线，又找密码本，来回几趟，他就一直跟着，有时拉着我的手。走过菜畦，落得远一点了，他便大声问我从哪里走过去的，我伸手画了一个"L"形，他便走出了一条"L"形的路。三岁的孩童，如此聪明，我不禁心生怜爱。我想，所有以前我自认为聪明的东西都不过是自以为是。我叹息，我到底是被自以为是欺骗了。

一路成行，我在最前面，他随后，小女孩跟在最后面，仿佛被虐待。我笑，我们等她，阳光真好！

一家人围在一起吃饭，边说笑。父亲很喜欢我和平在宁波剩下带回来的菊花和枸杞，那枸杞立刻就进了他泡的药酒里面，而菊花，漂在他的茶杯里，有隐隐的香气。他倒了半杯给小孩……

院子里小狗在叫，我吃着西瓜走到它面前。黑白相间，并不比十年前那只长着美目球眼睛的小狗逊色。我把手中的西瓜给它，它抱着便啃起来，我生平第一次认识到狗并不只是肉食动物。之后又给了它一些瓜皮，聪明的，可爱的，我十年前那只聪明可爱的小狗——

母亲也走过来，她站在杏树下，说："你看这棵树结了多少杏啊，过几天等杏熟了你再回来。"一串串的青杏，母亲的笑就像这饱满的果实。"我会回来吗？"我想。

两个小孩在房间里叫姨，我走回去，丽丽说："他们在到处找你呢。"

开始给小女孩吃药。华拿了勺子抱紧她，小男孩条件反射一样一下蹿过来压住小女孩的腿，"吃药了。"

这神奇的景象再次引我发笑。

傍晚，邻家姑姑来看我，她说，几年没见怪闷的。我从台阶上走下来，层层折叠的裙有些洒落，次第坠下来。她笑着：“像个大明星一样。”母亲送走她回来又说：“你姑姑说你像个大明星一样。”

我笑着解释：“因为你们老了，老了看见年轻一点的人就觉得像明星一样。”

此刻，我想，原来我并不是太老。

午饭太油腻了，我说晚上只吃冬瓜汤，母亲便去削冬瓜皮了。她让我倒香油，我说放一点醋才好。她没说什么就出去了，过了一会儿端着一个碗回来，才知道，家里没有醋了，她是去邻居家要的。

两个小孩都睡去了，我们坐在客厅里聊天，到十二点。“明天还要早起，长途汽车，早点休息吧。”母亲说。

来一天，回一天，我在家里只待了一天。踌躇着是否请假，明天平会回来。

五点半，我还在睡梦中。母亲来叫了两次：“起来吧，赶不上车了，回去再好好地睡。”

我很不情愿地起床，母亲已热好冬瓜汤——这是我回家以来唯一喜欢吃的东西了。洗漱，匆匆忙忙地装行李，父亲已经把车开出了车库，冬瓜汤终究是没有吃。擦了一把脸，坐到车上去抹面油。

父亲在车里探出头来跟人打招呼，我想，他认识的人真多。我想，还有一个理由，车里坐着他曾经引以为傲的女儿。曾经，太远了——六岁，我不喜欢上学，他把我抱进车里，我哭着，拉着车门……

别人家的孩子就是听话，他们一直这样认为，因为没有一个是要父母送的。再后来，就让华陪我一起去上学，老师一进教室我就让她藏到桌子底下去。在寒冷的冬天里，我们去买豆浆和油条……

我终究没有坚持多久就退学了，直挨到和别人一样的岁数再重新跨进校门。

优异的成绩，父亲的笑容，而我，并不快乐。

华收拾房间的时候，我弹电子琴；华洗碗的时候，我画水彩画。父亲总是夸奖华，然而我知道，我才是他的骄傲。

终究，我随手打破了那么多人的梦。

之后，便是无止尽的对抗。叛逆的心性，让我离他们越来越远。

我一次次地设想，我该如何面对他们，真的回家了，却一切平静。

笔记二三

嗓子有些痛，也是为了试试那张毫无用处的医保卡，跑到医院里去。医生开出三百元的药，我想笑；后来她说你是自费啊，自费减半吧，把药缩减成150，我终于笑了。

※ ※ ※

华打电话来说：腾腾这次考得不好，我就知道他又要挨治了。他以前也总是挨治，考得好也一样。不过这次老师倒早早地放他回家来了。可能是应该是肯定是，我一看到腾腾的成绩单，马上给他老师送了两百块钱去。

※　※　※

雨淅淅沥沥地下，天气骤然变冷。家里那只老实的大狗，趴在笼子里，下巴靠着前腿，皱眉眯眼，似乎对这寒冷很无奈。

父亲找来几块石棉瓦，正往笼子上搭。我无意地问着：“狗呢？到另一个院子里去转了吗？”父亲却惊觉，大门没有关，一定是跑出去了。

父亲和弟弟开始去找狗，弟弟回来说，它自己会找回家来的，就是怕被人逮住给吃了。母亲把父亲叫回来，她自己却还在外面找。

我们正吃着饭，母亲笑声朗朗，“它自己回来了。”她又说：“狗没了就这样，何况是人？”我不知道她何出此言，人怎么会没了呢？

母亲说：“狗若今晚不回来，还不牵挂着一夜，睡不好。”

人情张张薄似纸又是从何说起呢？

（正巧看到网上一个视频，主人把狗单独留在家里时拍下的视频：它没着没落地转来转去，一会儿跑到主人的床上去，继而呜咽……）

趣事二三

在家待了将近一个月，天天陪着妹妹的小孩儿玩。最好玩的是小茹，任你摆弄，不过有时候她也会说："别摆弄俺了。"小茹眼睛极圆，脸蛋极红，胳膊极肉，头发又黄又软又乱飞，你抱起她来放哪在哪，像泥一样听话。一整天不讲一句话，无论怎么逗她也无济于事，最多露齿笑一下。小妹说："现在不说，等晚上没人她就会把憋了一天的话全都倒出来。"我们想，这可咋办，还是快点让她回家吧，不然再在这里待一夜，肚子里就盛不下了。

在家里的日子绵绵的，不快不慢。有人说，当不感觉到日子快或者慢的时候，是幸福的。

小茹终于开口说话了，她两个小手抓着我，手心手背地来回摩挲，一边说：我给你烤烤，我给你烤烤（而不是我给你暖暖），用她热乎乎的小手——因为我的手永远那么冰冷。

※　※　※

教腾腾和菲菲写汉字，我和小妹一直夸腾腾聪明，菲菲听不下去了，说："他跟狗一样，狗也很聪明。"腾腾是属狗的。腾腾的字笔划很正，大有潜力；菲菲的字很像是火柴排成的，稚子涂鸦。

我问菲菲属啥的，她毫不犹豫地说："属兔的。"华笑起来，你看她那好吃劲就知道属猪的。我再问她，真是属猪的？她不答，再问，她背过身去了。（唉，千万别属猪，对菲菲来说，这可是人生一恨啊！）

※ ※ ※

腾腾来姥姥家，小妹问：“你喜欢住在姥姥家吗？”

“喜欢。”

“为啥？”

“因为在姥姥家九点还可以看电视。”

※ ※ ※

每次菲菲和腾腾来姥姥家，小茹就从小呆孩变成了疯丫头，在院子里跟着人家跑啊跳啊，蹬小车的速度都超过了哥哥姐姐。但是菲菲和腾腾很快就要去上学，又剩下她一个人。有时候二姨会把她带去，菲菲以大人的口吻问她：“你去了可没有妈妈在身边了。”她点着头。你去了可不要哭啊。她说不哭。菲菲和腾腾要去补课，她也要跟着，委屈地乞求道：“我听话还不行嘛。”二姨终究不能让她去学校里，送回了家。

她很孤独。

后来，小茹添了个妹妹，她总是趁没人的时候上去要抱人家，伸开两条胳膊，但还没抱到就被丽丽吼住了，像被看紧的猫，不能接近那只金丝雀儿。

后来，她终于上学了，四岁，班里最小的孩子，所以老师也不大管。她不说话，只静静地坐在自己的位置上，开始有妈妈陪在她身边。下课的时候，别的孩子都在喧哗，她看着人家玩儿学校里唯一的滑梯，直等到再也没有人玩了，她就独个儿跑上去，哧地滑下来，自己乐得咯咯笑。

现在小茹五岁了，终于成了一名正式学生。老师说她太机灵了，虽然不声不语，但脑瓜好使，她被光荣地安排到六岁和七岁的孩子中间。

※ ※ ※

我说，我过年得回去啊，不然明年又不认识我了。我一直以为我不喜欢小孩子，原来只是不喜欢别人家的，自家的嘛，考虑可否用皮箱装了来。

我说，年前算命我小时候是数理天才，大了是艺术天才。小妹笑，“别把自己看得与常人不一样，我小时候也觉得自己跟别人不一样，现在发现大家都是普通人。”“原来你也这样想过啊！”我非常吃惊。这下坏了，种种地想哪里是什么预兆。（她知道我这无神论者天天跟神仙套交情，自以为各路神仙都是朋友，见了我岂有不网开一面之理。）

※ ※ ※

小妹讲起腾腾写的作文，篇篇满分呢。

“腾腾已经写作文了吗？”

小妹说：“三年级了。”

有一篇是这样的：他写自己上了公交车，但是没有带钱，他心里发紧，不敢出声，生怕被司机赶下车。这时候一个叔叔递给他一块钱，而那边司机也在招呼了：“不要了，不要了。”意思是免了他的车票。作文结尾的一句是：“人间处处充满温暖啊。”

我不由笑着嚷，这捕捉能力完全有他大姨之风嘛。——大姨自然是我。

※ ※ ※

忽然想起弟弟小时候写的一篇作文，仍旧笑得撑不住。

“今天我仔细观察了一下高飞，他那两个圆圆的脸蛋像红红的苹果……”

高飞是叔家孩子，跟他同龄。两个脸蛋确实红得可以，但是也不用今天才发现吧。

※ ※ ※

朋友兴奋地发信息问我：“你有没有超过九十斤？有个火锅店为瘦子准备福利了，九十斤以下的可以免费吃顿火锅，还能带上胖子朋友。”我说：“我的体重不太稳定，正在这个临界点上。”

“那你快去称称，够格我们就去吃火锅了。”

“好吧，这几天我少吃点就可以了。”

过了几天，我很抱歉地对朋友说：“你的美梦做不成了，这些天我一直在网上订好吃的，每天吃到肚子胀——”

“没事，没事。”朋友心不在焉地说，“能吃就好，能吃就好。”

说得好像我时日不多了似的。

花草女人

琦约我吃饭，在花舍咖啡馆。

乳白色的长桌，乳白色的沙发椅，乳白色的矮墙。每面矮墙上放着几个大花盆，有百合，有丁香，有叫不上名字来的乳白色的大花，一切看起来是那么和谐。琦说："我喜欢这里的环境。"我蓦然想起她新居装修好时让我们去参观，就是这样一色的乳白。

"好久没见了吧，两年，三年？"琦感慨着说。

我因为自己的懒惰和自私感到很惭愧，却辩解着说："哪有那么长，也就一年多吧。”我不想她深究，深究她每次约我时，我的推三阻四。

她点了相思鲈鱼、肉炒笋片和一大块方糕，我点了一杯花生奶昔。我说：“我从来不喝冷饮，就算是夏天，这一次——”我没有说下去，仿佛是想透透气，在这个寒冷的冬天借用这杯冰奶昔，冲掉长久的郁积。

“你还是那么淡定，”我说，“我现要也需要平静。记得君吗？她在修行，仿佛看透红尘般，我就不行，我学什么都不行，都不能压下内心的暴躁。”

她看出我的恳切，关心地问：“你又怎么了？”

好像我经常“怎么了”，在朋友们当中。

她看着那条鲈鱼，开玩笑地说：“相思成灾啊。为什么要吵架呢？你要吵，跟我吵。”

我笑着说：“跟你，吵不起来，我可不是无理取闹的人。”

她说：“也许我这种人没有什么理想，一点简单的小事都能让我很满足。我跟你们不一样。我每天早晨醒来，看到我的花有一朵开了，看到阳光照在我的小物件上，都会很开心。”

她是做金融投资的，工作非常紧张忙碌，我无法想象她早晨如何收拾房间、做早餐、打理那些花草的，下班后又如何做晚饭，照顾儿子，做家务。她说，她每天都把房间打扮得舒适温暖，不然睡不着觉。她做饭也很精致——这个我是见识过的，我们去她家里吃饭，君正要磕鸡蛋，她却要君先洗洗，弄得我们俩不明何意，她解释说是怕鸡蛋壳上的灰尘掉入碗里。她做生菜沙拉，西红柿切成好看的菱形，紫甘蓝切成细丝，我都不知道她是怎么切成那么细的。回家后我也买了一瓶蔬菜沙拉酱，但只做过一次，就进了垃圾桶。当时喝着她用棒骨和茶树菇炖的汤，简直是人间少有的美味。我一定要她教我，那天还学会了做可乐鸡翅。

“我现在也经常炖了，棒骨和茶树菇，还是你教我的。”我说。

“是吗？我都忘记了。我给你们炖过这个汤？”

“我都记得，还有可乐鸡翅，也是你教我的，我给我爸妈做，他们都说好。”

“呵，那你要交学费了。”

“过期作废。谁让你早不要。”

她忽然不知道说什么，又去看手机。

我又说：“我要像你一样了，我要过简单的生活，要平静，要快乐。你哪来的那么多时间这么细细地做饭呢？我总是做不好。”

“因为你总是把它当成任务，匆匆忙忙地只想完成，其实我在做饭的时候是在享受这个过程。”

“是啊，什么事情都得用上心。我的心总在别处。”

“你看我养了那么多的花草，生机勃勃的，可是给了我弟妹两盆，不到一个月就全死掉了。我都觉得纳闷，其中有一盆在我这里好多年了，怎么一到她手里就死了呢？后来我在书上看到一段话，说花草也是有灵性的，它们知道谁喜欢它，谁是用心养护它的，它能感觉得到。”

“哦，真是奇妙啊，是真的吗？”我很吃惊，以前只知道动物有感觉，没想到植物也是有感觉的，也能与人用心交流。怪不得我的植物也总是死，像君说的，植物枯了，一地枯黄色的尸体。

我自言自语地说：“我的心在哪里？”

“是啊，感情也一样。你用心对他，又哪里来这么多误会？”

“他也没用心对我啊。我终于知道，我的心哪里都不在，全在他一个人身上。但是单独一颗心又怎么交流呢？”

“太计较了，总要有一个人先放下计较，慢慢地，对方会感知的。”

“呵呵，”我笑起来，“没有用的，有些人是没有心的。只是我也不想计较了，为了快乐——”想起早些年看的小说，孤独的南瓜小姐，她种南瓜，吃南瓜，她的家里到处是南瓜，与南瓜做伴，有一天，她怀孕了，生出一只南瓜。还有一个孤独的女子，因为终年与窗前那棵树相伴，最后她的头发从窗子里伸出去，她的身体从窗子里伸出去，慢慢地变成了一棵树。植物是有心的，而人是孤独的。

“快乐是可求的，比如今天，我能约你出来，这么长时间没见面的两个老朋友聊聊天，就觉得很快乐啊。”琦说。

她讲起她一岁半的儿子，说：“我一下班回来，他兴奋地挥动着两个小胳膊像扑扇着翅膀的小鸡，向我跑来；他抱着我的腿，生人来了，把脸埋在里面……他一看到我不高兴就噘起小嘴，要哭的样子，他爸爸稍一大声对我讲话，他就哭起来，眼泪啪啪地往下掉。他是那么维护我……你都不知道他给予我的快乐有多少。都说父母给予孩子的恩情是无法回报的，其实孩子给予父母的东西也同样多。有了他，我的心平静了，宽容了，觉得整个世界都是美好的。”

琦拿着手机给我看她儿子的照片，各种表情，各种动作，胖胖的胳膊，腿像一节节拼在一起的，让人想去抚摸。我这种对小孩子没有耐心的人也开始心动了，想象着胖乎乎的小手抓住我的手的感觉，很是惬意。“有一个小孩真的那么好吗？”我一遍一遍地问她，她一遍一遍地回答我：“真的，你现在不知道，你有了孩子就能体会了，那种感觉——你可以去问问罗，问问——当妈妈的心情，她们一定会告诉你，那种幸福是没有什么别的可以代替的。”

我想起静每天把儿子的照片挂上网，配上文字，我都能看到她喜滋滋的表情。有一次实在受不了了，我说：“你的世界就没点别的东西了吗？”我的意思是，我插缝就插不进去了吗？她大笑起来，仍旧一脸的幸福和满足。

命运

小少爷高原一边吃饺子一边把饺子边咬下来吐到桌子上，老管家赶忙拿过一个碟子，“这白花花的粮食哪能这样糟蹋啊？”高原看着管家着急的模样，不禁觉得好玩，笑嘻嘻地把饺子边吐到碟子里。从那时起，家里每次吃饺子，管家都会给他准备一个干净的碟子，等他吃完了就把饺子边晒干，收起来。

这件事被高老太爷看在眼里，不禁忧愁满面。他想：我活着孙子还能过过好日子，我要是两眼一闭进了棺材，这高家偌大的产业肯定用不了多久就得败光。高老太爷儿子死得早，高原可是根独苗，如果不能妥善安排好高原的将来，他是死也不瞑目。眼看大限将近，他终于想出了办法，偷偷地行动起来。

他变卖田产，换成一块块金条。

那时村庄院子大门口都有一堵墙，叫影门墙，以防外人从大门一眼望到底。高老太爷就把金条码成堆埋在这墙底下，他想，等他死了，棺材要从大门里抬出去，这堵墙肯定要拆，到时候金条露出来，够孙子用一阵了。

接着，他又把另外的金条码堆埋在四面墙边上，因为再过十几年，这墙也够了年限，逐一倒塌时必定要拆掉重垒，到那时孙子又能够收获一大笔金子，应该可以安享晚年了。

在高原二十岁那年，高老太爷安心离去了。

丧事自然办得十分热闹。

下葬那天，抬棺的几个汉子正准备拆掉影门墙，高原的鼻子一歪，大摇大摆地吼道："拆什么墙，搭天桥过去。"

高家院里就真的搭起了天桥，送葬的人浩浩荡荡地吹打着从天桥上走出去。创举，果然是创举。那阵势叫乡亲们看得眼热。

果然，没过几年，田地全部卖光，家中器物也所剩无几，高原只好把整个宅子卖了，自己搬到爷爷生前开的豆腐坊里去。他自力更生，开起了小豆腐坊，每天骑着毛驴到附近几个村子里卖豆腐。

有一次，八里庄的二愣子截住他，说要买豆腐。高原问：“买几斤？”二愣子说：“二斤，二斤。”“二斤？自己拿吧。我就不下驴了。”从此，十里八乡传出了“高原卖豆腐，二斤不下驴”的笑话。

又过了几年，高原的豆腐坊就关闭了。

他每天提了一个口袋，拄着拐棍，走街串巷，开始挨家挨户去讨饭吃。拄拐棍倒不是说他已经垂垂老矣，那是用来打狗的。那个时候谁家没有只看门狗，专门对付讨饭的。

有一天，高原走遍了半个村子也没讨到一块窝头或是半碗稀饭，不知不觉越走越远。天已经黑下来了，他忽然看见村口石头上坐着一个老人，花白的胡子，还以为自己遇到了什么神仙，待走近一看，原来是自己家从前的老管家。老管家见他这副模样就带他回了家，一会儿端出一大碗热气腾腾的东西。他边吃边叫好：“老管家，这到底是什么啊？我从来没吃过这么好吃的东西！”老管家说：“原少爷，这就是你小时候扔掉的饺子边。”

他们正说着，就听外面吵得厉害，走到门口去看。几个孩子叫着从门口跑过，老管家叫住其中一个男孩，问发生了什么事。男孩子说："快去看吧，快去看吧——李家院里挖出了好多黄金呢。"他们不信。八里庄的二愣子从这里经过，一点儿不像平时那样悠闲了，他东围西围地往家赶那几只鸭子，看到老管家，急不可耐地说："是真的啊，李家，就是高老太爷那个老宅子里，地底下全是黄金啊！"

东边还是西边

已是腊月二十八，妻子还没有回家。这半年来一直磕磕碰碰地大吵小闹，最后一次吵得厉害，她跑到单位上去住，已经冷战一个多月了。家中老母催得急，文翰决定不再等她，一个人带上年货上了火车。

父亲已经去世了，家里只剩下母亲，前几天不小心摔伤了腿，待在炕上下不来。文翰一会儿和面，一会儿拌馅，在屋子里忙个不停。最后坐到炕上包饺子，娘儿俩一边包一边唠家常。忽然听见外面人声嘈杂，叫喊声、硬器碰撞声，一片混乱。文翰侧身问："发生什么事了？"母亲停下擀面皮的手，听了听，说："可能又在抢河水了。开春要浇田，河水少——"文翰支起耳朵听，母亲见状，说："要不你到外面去瞧瞧？"他就放下面皮，走出房间。

文翰家在村子边上，大门外就是村头两条大路的交叉口，路口聚集了一群人，有的拿着铁锹，有的拿着锄头，还有半大孩子举了扫把，一个个义愤填膺却又像是喜气洋洋。领头的是一个中年汉子，他站在中间大声说："要为我们东边的讨回个公道，走，找他们去。"后面的人跟着起哄，然后，所有的人都跃跃欲试，准备朝村外那条大河跑。大概是为了抢河水浇春小麦，文翰听了半天也没听明白。他站在门口，被人拥来挤去，这时候也不好意思再退回到院子里去，就跟着人群跑了几步。忽然有人窝里反，自己人打起自己人来，撞头、抱肩、捶胸。另一条马路上又来了一群人，嚷着要为西边的人讨公道，见状就停在路边坐山观虎斗。文翰一见打架，心里犯怵，缩了缩肩膀，悄悄地退出来，混到西边人群里去。后来东边的人群停止了争斗，又接着往河边跑，西边的人见状，也朝着河边跑。东西两边的人一边跑一边嚷一边打。叫嚣辱骂，此起彼伏；刀戈相见，哐哐当当。文翰挤在西边的人群里，也跟着跑，气喘吁吁。终于到了河边，人都停下来了，散乱地站成两个不规则的半圆圈，进进退退，并没有停下手来。前面一个人扛着扫帚，朝后扫来扫去，扫到文翰的脸上来。他东躲西闪，想避开这个人，绕到一边去，可刚站定，西边的群里就有人喊：“打死人了，打死人了啊。”文翰猛一惊，这次却反应得快，他赶紧跑到东边群里去。却没想到西边叫着“打死人了”说的是东边的人群。人倒没被打死，是受了重伤，跪在地上爬不起来，血糊糊的脸，黑帮火拼一样。文翰看了一眼，扭头便又往西边跑，腿软得直打战，却也好歹溜进了西边的人群。可是，人群却即刻散了，听说是来了警察。他们了解了一下情况，开始集中调查东边的人。

文翰站在院子里，垂头丧气。“我到底要不要去自首呢？”最后决定不去，因为，最终，他是站在西边的。可是偏偏就有人把他举报了，说是他一直在东边群里跑来跑去的。文翰无奈，只得硬着头皮打电话给身为律师的妻子。妻子在电话里说：“好，我帮你解决这件事，之后我们就离婚。”

债主

现在都是房东欺负房客，可刘伯这个房东当得窝囊。他的一套民房租出去，每次去收房租，都要费尽口舌，对方还时给时不给的。这天晚上，又到了收租的日期，他硬着头皮敲开门，一股浓重的烟气迎面扑来，大块头李昆“呸”的一口痰吐过来，刘伯躲了躲，屋里人哄然大笑。李昆凑上来，哈哈笑着做出一副满怀歉意的样子：“对不起，对不起。”他把刘伯让进了屋。李昆的女人走过来，“哟，刘伯又来收租了。”刘伯挤出一点笑。李昆伸手拍着刘伯的肩膀，“房租，好说，好说。兄弟们都在呢，坐下一起喝杯酒吧。”刘伯不好意思推辞，就在桌前坐下来。在座的几个人都眼熟，手臂上刺了蝴蝶的“愣头金”，满口黑牙的“大嘴”，他们经常赖在这里，与李昆厮混，刘伯都见过。

几杯酒下肚，刘伯抹了抹嘴。他心里一直挂着房租的事，就站起来把李昆拉到一边。李昆大声说：“房租嘛，有，但不在我这里。”刘伯心里一凉，想：“又要白跑一趟了。”李昆却又问：“你想不想拿到房租，今晚？”

“当然了，我也没空老往这儿跑啊！”

“好，那你今晚和我们一起去拿钱。”

“去哪儿拿？”刘伯一边点头答应一边问着。

李昆没理他，自顾转身问“愣头金”：“怎么样，踩好点儿了吗？”

“没问题。”“愣头金”摸了摸臂上的蝴蝶，似已成竹在胸。

刘伯心里明白了，这敢情是去偷。但他还是不声不响地跟着去了。

小面包车停在一所旧公寓旁边，公寓的窗子一片漆黑，这个时间人们都已经熟睡了。乘着月色，几个人走到一个单元楼下面。“愣头金”三蹦两跳就爬上了那个没有防护栏的窗户，他撬开窗子，钻进去，随后给他们打开反锁的门。不知道谁在后面推了一把，刘伯就跟着进去了。“愣头金”噼里啪啦搜索客厅，“大嘴”从窗台到门口来来回回地转着，他负责把风。李昆和刘伯进了卧室，翻箱倒柜，存折倒是找到几个，但是不知道密码也白搭。李昆一生气，骂道：“他妈的怎么连个值钱的玩意儿都找不到？！”

忽然，床上动了一下，李昆猛地掀开被子，刘伯惊叫了一声，瘫倒在床边。一双眼睛正瞪着他们，是个老人，干瘦如柴。李昆反应快，他蹿出去叫上兄弟直奔小面包，三个人上了车，飞速驶出去。

被扔下的刘伯见老人并不动弹，胆子又回来了，他扶着床沿站起来，说：“我只是个房东，不是贼。”老人冷漠地看了他一眼，伸手拨了个电话。

刘伯坐在警察面前，说：“我只是个房东，不是贼。”见警察不说话，他又补了一句：“我只想拿回自己的房租。”

警察听着他荒谬的故事，大笑：“你倒是挺赶时髦的，跟小偷要账要到他们债主头上去了。”

是什么样的愚蠢，
什么样的懦弱，
招来猫头鹰的笑声，
在夜间凄厉而疯狂？

被诅咒的数字

还记得1967年那场谋杀吗？有人问着的时候我便回到了1967年。

我穿过走廊（白色的走廊，大概是在一所医院里），打算从侧门出去，却忽然看见有人从窗户里望了一下就消失了，房后有一个小孩在哭。那场谋杀，我想，就要开始了吧。另一边的门也是开着的，如果我再出去，正好可以让罪犯从另一个门进来，杀完人后再从这个门出去。迟疑之间，我又插上了门。窗外阳光很好，有民警在耕田——一切都是那么安静，那么祥和，在这祥和里酝酿着一场不可告人的阴谋，我仿佛看到阴暗的角落里有凶手蠢蠢欲动。

不知道为什么我还是出去了，或许是因为那耕田的民警。

一个粗犷的披着风衣的男人忽然走过来，对着女警说了几句，那女警便开始堵截了所有人的去路，人们必须全部集中到一个地方去，挨个儿看身份证。这才是谋杀的开始，那个男人就是行凶者。所有的人都被困在一个地方的时候，他就可以大摇大摆地去杀死里面正在哭泣的小孩。我不顾女警的阻拦，想冲出人群，却有一队警察围上来。我只得匆匆往前跑去，我想追上那个警官，告诉她有凶杀案要发生了，可是我无法解释，无法证明，我总不能告诉她我是在2009年翻看案宗的时候发现的吧。

那个声音又在耳边回响："还记得1967年那场凶杀案吗？"

她对我的话不屑一顾，却还是停下了脚步。

"我确定，就在今天，就在这个时候会有一场凶杀案。"

她翻开手机，看到了许多未接电话。

"不用再看了，全是我打的。"我急切却又无可奈何地想阻止这场在历史上已成定局的凶杀案。

她很不相信的样子，然而仍旧对旁边的警察说："你们去那里看看，小心点。”

我知道这一切都是徒劳，凶手的计划在时间里悄无声息地实施，谁也阻止不了。一种宿命的悲哀在这黑色的夜里笼罩开来。

在这个时候，我醒了，没有看到梦的结局。曾有人告诉我，没有结局的梦势必会重新来过，我在孤独的黑夜里感到阴森森的冷气吹来。总算没有魇住，可是我怕那结局会再次来搅扰我。

我尽力睁着眼睛思考，回忆起这么多年来我所有的梦都是这样的漫长、无奈且没有结局，可是看起来虽然没有结局，而那结局又是既定的。莫非人的命运真是既定的？我们有一个阳光的现实世界，又有一个阴暗的内心世界？就像梦里的情景，阳光只是山雨欲来的前兆，只是掩盖罪恶的影子？

有人说未谙世事的小孩是有灵异的，可是我已经成年，我看见——

我看见我自己走在长长的夜路上，周遭幽灵般的面孔闪现——黑夜，孤独，哭泣。红色的太阳浸在天空里，一丝沉闷的亮光像彩虹一样铺下来，而另一边却托着一枚伸手可及的月亮，大而圆。

我又走回到那个长廊上去，长廊上挂着很多镜框，镶着定格成图画的灵魂，七幅。一个小孩子的哭声传来——

我循着哭声走过一间又一间只有些微光线的房间，终于看到包裹在抹布般的布袋里的孩子。我刚抱起他来往外跑，就听见有刀砍在像桌子又像长椅的木床上。我的意志力仿佛长了翅膀，敏捷而灵活地推着我绕过一个又一个障碍物。

我必须把手中的孩子放一放，不然会这样一直追下去（在我模糊的意念里已经死了六个人）。我把他扔给一个穿白衣的人（看起来像是护士），便匆匆往外走，不经意间抬头望了一眼天空，忽然发现太阳没了。我又跌跌撞撞地走回去，那抹布袋已经变成一摊血红。

太阳没了。

黑暗。

黑暗中有三个人——我，妹妹，还有父亲。在一片树林旁边取水。那里竟然并排有七口井，慢慢地要坍塌下去了，父亲一边用手去挖那些土一边问妹妹：“上次说你们医院里死了几个人？”

“七个。”妹妹回答。

顿时，令人毛骨悚然的气氛包围了我们。

朝花夕拾

姨家表哥说，你给网站写稿吗，怎么不写玄幻小说？问得我哑口无言。我长大了，他却像90后了。

记得以前住在姨家，我总是拿他的书读，还好，我是鲜有的借书会还的人（静这么说）。《红楼梦》《水浒传》，三毛的散文，雪莱的诗，都是从他那里认识的。他能背诵一百单八将的名字，加上自己的评论，他总是给我和表姐表妹讲故事，夜里，躺在床上。我们的房间和他的房间紧挨着，开着门，这样就可以听得到。

他还喜欢画画，绣像。画了三本，我们挑。观音、孙悟空、哪吒，都是我们最喜欢的形象，偏每个本子上各一个，我只好挑了有哪吒的那本。

我无法想象，这样一个多才多艺的表哥——而且生得极其帅气，舅家表姐还跟她的第一个男朋友炫耀，拿着表哥的相片，这是我们家最帅的男孩子了——现在，每天除了玩游戏，就和镇上那些平庸的男子一样了。

我并不想显得多么悲伤——生活自有它的去处。

我喜欢买东西给别人，从小如是。没有任何意义，只是喜欢看别人欢快的样子。即便只是几截甘蔗——那时候只有十来岁，在集市上，我买了很多甘蔗，分发给姑家表弟、表妹，伪装得成熟——东峰只比我小一个月，不知道他现在想起来会不会觉得好笑——好冷好冷的冬天，我竟然买的是甘蔗，他们冻红的手……

我亦不觉得悲伤——我们已经是大人，各奔东西，互不联系。

在宁波时，我加班休息，喜欢去东峰的办公室。那些想从楼上跳下去的日子，唯有他那里是我的安慰。这样一个人情练达的人，从来不会发脾气，只是安慰开解——我一向不喜欢圆滑世故的人，但是对他一直心存感激。他结婚的时候我没有回去，我想他一定是怪我——我一直讨厌婚丧嫁娶的场面，能拒绝的一概拒绝——除了一次他在瑞士过年，发信息过来说国外的冷清之外就没再联系。他跟表哥不同。我在上海的那段日子，也是失落得很，表哥整天骂我笨，还不听话，再加上小说读得太投入——精神失常的主人公——我都快精神失常了，他再这样潜移默化地影响我，我感觉我真的要疯掉了。

有一天，我说要上班了，他笑着说，终于找到工作了，去庆祝一下。然而接了一个电话，是他的堂哥死了。他躺在床上，跟我说，这么年轻，在工厂，死了。我站着，不知道怎么说句安慰的话。很快，他站起来，换鞋，“出去庆祝一下，一码归一码。”我知道他是指我找到工作了，他带我去吃饭。我想，上海这个城市，人待久了，会变得冷硬，会对人生无常不再那么敏感，恰巧，他QQ昵称便是人生无常（表妹英跟我说起他初到上海时也受了很多苦，我当时竟忍不住唏嘘）。

他总觉得我是一个不踏实的人，频繁地换工作，所以一味地批评，从来没一句好听的。

直到我离开了上海，在北京，我给他看我的小说，他说写的什么乱七八糟的，看不懂，你就不能踏踏实实地写点现实生活？我逼问他说出理由。他终于说，我记得你在上海时，有一副刀叉。

原来是因为那副刀叉，那副雪白手柄的刀叉竟成为我不踏实的象征。

这个解释说来话长，我还是长长地给他解释了我为什么会有一副刀叉。之后，他“哦”了一声就没动静了。

我说，东峰在怪我呢，他说，谁闲着没事爱怪你啊。你爱来不来，我结婚时你就不用来。

后来，他说，他结婚了。

我说：“恭喜！恭喜！”

他自以为是地说：“同喜，同喜。”

“为什么是同喜？”我当时，何来的喜啊？

“因为你表哥结婚了。”

失意天空

冬天是一个让人慵倦的季节。

外面下着雨，我斜倚在椅子上，翻着日历——11月28日，仍旧是大雪。

记得那年厚厚的积雪在夜色中反着光，父亲骑着摩托车带我回家。

“今天是你的生日啊。”他说。

“你还记得啊！”我笑笑。

好久没有坐父亲的车了。自从我辍学以来，天空好像永远是灰暗的，和家人说话也是那么轻飘飘的，仿佛永远有一个心照不宣的秘密高高地摆放在那里，不可触及。一时的任性打破全家人的希望，我真的罪不可恕吗？一无所有，一事无成，生活在社会的边缘，注定担不起光耀门楣的责任。

进了家门，母亲正在包饺子，冷清清的空气里似乎有一丝暖意。

牛肉白菜馅的。那是熟牛肉切成的片，而不是生的与白菜同煮同熟的，吃起来有些分离，有些冷涩。

“天太晚了，买的熟牛肉——”母亲说着给我倒了一碟醋。

“挺好吃的。”我轻描淡写地说。

曾经有过大欢喜，也有过大悲痛，然而现在一切都归于平静。这平静里有隐隐的“风雨欲来”。仿佛一切都是定数，我所给予你们的痛苦你们同样又返还到我身上来。这条路是我自己选择的，那就必须去承受一路所有悲欢。我是一个喜欢绕路的人，绕过一个陷阱的同时却又掉入另一个陷阱。一路逃离，直逃到无处可逃！山的那边是什么？我坚持地问。

当年轻罗小扇扑流萤，如今却是身世浮沉雨打萍，这一晃就是十年。到底有多少个十年可以任由蹉跎？我在自己的幻梦中无法体会现实的精确性，肆意挥洒流水般的文字，就像不负责地挥洒着自己的感情，固执地说不必告诉我。真的，不必告诉我是对是错！

母亲却喜欢去算命，为了我。明明知道一切都是自欺欺人。“剪”字，前途的下面一把刀！走在刀口上的生命吗？母亲总是担心，然而仍旧去。那算命的女人门前总是排了长队的汽车，摩托车，自行车，家内烟雾缭绕，香案、瓜果，还有一些器具，据说很准。每次听到她给出的结果母亲就喜笑颜开，放下心来，仿佛看到一个美好安稳的前景，不顾父亲的嘲笑。她以为可以了，然而，过了一段时间，没有一件应验，她就再去。我故意笑母亲：“她不是算得很准吗？”母亲也觉得为难，“给别人算得都准，怎么到你这里就出岔子了？”其实她并非真的相信，只是想听听某个“权威”人士的安慰而已。就像波伏瓦引用的一个例子：一个女明星酷爱算塔罗牌，她说，她并非真信，只是想听听别人说起她。直到有一天，母亲再去算，那女人推着母亲说，你的大女儿，大女儿，天天你的大女儿，我再也不给她算了。小妹讲起来，“她就是算不准你了，不敢再给你算了。”我们再次大笑。

我知道直率是伤人的利器，却从未放手。我说出了家对我的陌生，我听着母亲的低泣，父亲的叹息……电话里，我对母亲说我都快把家忘了，母亲苦笑着骂我。我真的把家忘了吗？可为什么每夜每夜，只有我的父母，我的妹妹，我的弟弟才会出现在我的梦里？梦里似乎有笑声，而醒来，枕巾却早已湿透大半……

“如一枚游离的单细胞，在异域的悲风中碎散。”

理想——

水饺店里的阿姨说：“我们家乡很穷，所以都要出来打工。”

“在家里也饿不死，我们那儿——”这句话很幼稚，但是——

我们说起异乡的生活，说起平凡的人们——竟有了温馨的感觉。原来我的心也会为人间烟火所感动，是了，我的心离开人间太久了。

当风再次吹来的时候，我已经失去了知觉。我恍恍惚惚地走在大街上，忽然看见蛋糕店里的一个很大很大的蛋糕，心里一惊：我曾经许诺要给弟弟买一个大蛋糕的啊！

必须重新开始，我告诉自己。

找工作的日子是很苦的，有时候苦难可以改变一个人的习惯。比如现在吃着在家时一口不沾的黄瓜菜，整天埋怨母亲做的西红柿汤也成了佳肴，自己做的咸菜般的豆角，吃着吃着就会忽然想起母亲。

那时候总不爱吃早饭，不是嫌难吃就是起床太迟。母亲每天早起先给我单独做一份蛋炒馒头片，再给家人去做饭。我梳洗好了，就吃已盛在盘里的馒头片，真是香气袭人。

可是后来因了种种的事情，我的脾气变得很坏，总是挑三拣四地责备母亲做的饭不好吃：茄子不熟，豆角太咸，我最讨厌吃拌黄瓜。母亲笑着，笑得有些无奈，也许还有些凄寂。然而当时我只是一味地叫嚷着要自己回去做饭。真佩服那副伶牙利齿，母亲竟一句不能反驳！现在想想，我何以如此的恶毒呢？

母亲总是很忙。待我们醒来时，她已做好了早饭，吃完饭就去干活了，中午汗流浃背地回来再做中饭。有时到商店里看看再回家，她自拿一支便宜的冰棒，我嚷着：“别吃那样的，那么难吃！”（我的语气从来都很绝对）我在冰柜里拣一支大块奶油的递给她（我自是神农尝百草般尝遍了，知道哪一种什么味儿，且知道母亲的口味），再给父亲拿一个火腿或装点炸鱼做中餐。我也会常常指责父亲进的货不好，“这种颜色的不好卖，那种雪饼不好吃，这果汁快到期了还能卖完吗？本子太贵了，小刀比上次小价钱倒没减”等等，我奇怪自己怎么变得那么市俗，把斤斤计较发挥得淋漓尽致。父亲稍有不悦，脸沉着，却也并没说什么。此次妹妹来宁波还说父亲老是夸我把商店管理得好，不让老鼠碰到食品，熟食肉品也从不放坏。妹妹自夸经营得好，我知道“经营”和“管理”的区别——我的脾气太坏又没耐性，得罪了不少顾客。

妹妹讲了许多商店的事。父亲总笑眯眯地问她一些事情该怎么办——妹妹只有十七岁。一次父亲批的菜太多，摩托车里盛不下了，叫一个同批菜的同学帮带几捆——那同学开的是柴油车，他却说车满了。第二次他又让父亲帮带，父亲接过来扔在车上，故意说：“不就几捆菜嘛，哪里塞不下啊！”回来讲给妹妹听，他俩笑了好一阵子。父亲走南闯北做了半辈子的生意，没想到最后却回了家乡开起了这么个小商店，也许是心有不甘苦中作乐自我解嘲吧。仅仅是一个小店铺，父亲做起事情来却是很认真的。我在家时，父亲天不亮便起床到市场批菜，批完菜再批些零碎的日用品小食品——拿着我前夜写好的货物清单，一样样地买全，把筐子塞得满满的，驮回店里。我卸车时总想，父亲是怎么把这些东西塞进去的，一早晨跑了多少地方啊！有时下雨，摩托车老滑倒，驮了那么多货物一个人扶不起来，叫来路边村里的人帮忙，分盒烟抽；有时打电话回家叫邻居开车来接。回来后往下搬湿淋淋的菜，父亲开着玩笑讲自己怎么摔倒，菜怎么掉在水里……

以后我总是盼望着父亲快点回家，老是听外面是不是我家的车响。若很晚还不回来，就担心是不是车又倒了，或菜没捆牢掉了，或车坏在半路了。时常是虚惊。父亲回来了，我问怎么这么晚。“这还晚啊？”他有些不高兴，他以为我嫌他起得晚或者是走得慢了，唉——

后来买了面包车，再去进货就不怕下雨或下雪了。但事情到了冬天仍很可笑。冬天天冷发动机不着火，天不亮就得叫人推车。峰哥每早骑车准时到店前去帮忙推车，而附近一些邻居不敢早起了。妹妹开玩笑说：“人家怕起来就得推车！”

我们都笑，我简直笑出了眼泪。家，遥远而熟悉，勾起我缠绵不断的思念。我仍旧笑，把如流的眼泪变成一串串的笑声，示于人面前。

乡下雪夜

大年三十的晚上，老人一个人坐在炕上包饺子。老伴离开他二十多年了，他已不再觉得怎样孤单，每年都笑微微地给老伴上上香，摆上女儿精心做的供品——先是大女儿做，后来大女儿出嫁了，就是二女儿，二女儿出嫁了，再是三女儿。

他和三女儿把供品整整齐齐摆在桌上，三女儿烧了厚厚的一沓纸钱。“爹，娘在那边高兴呢！你看这钱飞得多高！”老人看着那黑蝴蝶飞舞，会心地一笑。

今晚，就剩他一个人了——三女儿昨天也出嫁了。三女儿放不下他，挨到二十八岁才答应结婚。他催着骂着女儿走，女儿真的要走了，他心里却空落落的，还硬装着笑。女儿临上车时说："爹，明儿就三十了，你自己包饺子，多放点油。"他的泪一下子流下来，赶忙低下头，应着："嗯、嗯！"女儿哽咽着，坐上车走了。他呆呆地望着车开走的方向，邻人见了，安慰着："秋菊在那边也安心了。"他笑应着，回家去了。

秋菊是他的老伴。那时候他已经三十岁了，因为家里穷还没说上媳妇。村里的小伙子都到城里去打工了，他却给村长家放羊。每天把羊赶到河沟里，自己就坐在沟坎上睡觉或者割点草。那天他把羊赶回村长家的羊圈里，忽听见屋里有人喊救命，他跑进屋里，看见凶神般的村长和披头散发的秋菊——他打了村长，救了秋菊。村长不再让他放羊了，他只得给村人帮工，盖房修屋的，断断续续地找点活干，挤出点工钱偷偷地给秋菊买个发卡、手帕什么的。

秋菊说有人给她提亲了，他只是愣愣的。他不敢奢求，他什么也没说就走开了。

秋菊成亲那天，他抬着花轿，脚步重重的，踏进那大户人家，闹哄哄的人群把秋菊扶下轿，他回转身就要走，忽然听见秋菊叫了他一声，回头见秋菊正望着他，目光有些辣。

“东柏哥，要是你愿意的话，现在就可以把我抬到你家。”

他晕了，众人都晕了。但他马上醒过来，给他的堂弟说了一句，就在晕头转向的人群里把秋菊抬回了家。

他的母亲喜极而泣，在破旧的屋子里走来走去，收拾出一块干净的地方。然而秋菊的父母马上就找来了，逼着秋菊回去。秋菊哭着不肯，她的哥哥们把东柏打得遍体鳞伤，母亲嫂嫂也拽下他母亲的几缕头发。秋菊跌跌撞撞地跑到河边，跳下去。几个小伙子救了她，她的家人才作罢，悻悻地回去，但永远不准她回娘家。

秋菊想念父母，忍不住回了趟家，她的父亲骂她把家人的脸都丢尽了，还敢回来，拿着扁担要打她。她的母亲拉着父亲，叫她快回去，她噙着泪又回去了。

在她生了双胞胎女儿时，母亲把攒了许多天的鸡蛋拾在篮里，偷偷地叫邻居家一个小孩子送去，被秋菊的父亲碰上了。他回到家里说：“今晚别煮鸡蛋了，我都吃腻了，炒个白菜吧。”母亲如释重负。

东柏有了媳妇女儿，就感到了责任重大，托亲戚送礼在砖窑找了一份工做。每天天不亮就蹬着自行车到窑上，一车车的拉砖坯子，中午吃两口自带的干粮，喝瓢凉水，再接着拉。同村的几个小伙子都笑他，娶了媳妇不要命了。

晚上披着星星回家，秋菊给他打来洗脸水，然后盛上三碗炝锅面。婆婆放下给小孙女做的棉衣，一家人围到桌旁，她看了看自己的碗，又看了看秋菊，夹起那个荷包蛋放到秋菊那只有几根面的碗里，“秋菊，你身子弱——”

“娘——”秋菊叫了一声，这时候忽然想起了自己的母亲，但是她忍住泪要把蛋送还到婆婆碗中。婆婆不要，端了碗到炕上去吃了，她只好把筷子收回来，放到东柏的碗里。东柏什么也没说，只暗暗发誓要多挣钱。

半个月过去了，东柏晒得黑黑的，早晨总醒不了。他嘱咐秋菊叫他，秋菊知道他是累的，总不忍叫，把水、饭都准备好了，再没什么可等的了才去叫。他埋怨着“晚了晚了”，拿着大饼骑上车就走。

月底他发了三百块钱的工资，兴冲冲地直接跑到小卖部给秋菊买了一块做衣服的碎花布，给母亲买了一包点心，还给女儿买了一袋奶粉。店主笑哈哈地问：“东柏，有钱了？”

“刚发了工资。”

“那还不称点肉，今儿刚宰的猪。”

“称，来一斤吧。”

秋菊边埋怨边高兴地把碎花布收进柜子，然后提了肉去切，她要烙几个肉饼。一会儿厨房里就飘出浓浓的香味，东柏跑到厨房，“真香啊。”他卷起一个肉饼就吃，又去院里拔了棵大葱。秋菊把饭摆上，给婆婆丈夫各递了一个厚厚的透着油亮的饼，自己拿一张薄薄的。婆婆说：“我老了，嚼不动肉。”她去拿秋菊手中的饼，秋菊说：“我胃不好。”东柏一下子恼了，夺过那薄饼扔到门外，“这是干吗呀！咱有钱了。”

一次工头问：“谁愿意出砖？咱们窑又加了几个窑洞。”谁都知道出砖不但累，还危险，而且挨着火，夏天岂不烤死。没有人愿意去。工头又说：“出砖的工资一个月顶你现在三个月——”东柏提出要去。他每天站在窑里，一摞摞把砖搬出来，汗珠哗哗地往下流，手也磨起了许多水泡。有时真想一下子蹿到窑外树荫或跳到河里泡一泡。总趁把砖搬出来时咕咚咚喝上一大瓶凉水，而到了下午，水瓶里的水也晒热了。一想到秋菊母女和母亲，他就把热压下去了。

月底开工资，他竟真拿到九百块钱，同伴们眼羡，叫他请客，他爽爽快快地跑到小卖部给每人买了一根五毛钱的冰棒（他们平时只吃五分钱一根的）。

秋菊用这钱买了两头猪崽，每天干完农活还捎回一筐猪草。渐渐地，猪崽一个个长大了，她又生下第三个女儿。东柏不能去窑场了，他又买了几头猪崽，生活开始安定下来。

过年时，秋菊想回家看看，东柏割了几斤猪肉送她去了。她的母亲流着泪接待了他们，父亲只是闷坐着。秋菊要在娘家住几天，让东柏先回去。

待东柏要去接她时，那边就送信儿来了，说秋菊死了。东柏不信，问是不是你们又不让她回来了。他进了房门，看见躺在床上的秋菊。“秋菊秋菊，你怎么还睡啊？”他当时就傻了。

秋菊的父母捶胸顿足地痛哭着，她的父亲还不停地骂着自己。

原来，头天晚上秋菊和母亲唠家常，说起东柏怎么怎么好，父亲听了生气地嚷着：“女儿只认自家男人，嫁出去就是人家好了，怪不得这么久不回家。”秋菊被这突如其来的一句刺了一下，仍笑着说：“爹，我早想回家看看娘你俩呢。”父亲冷笑了一声，她嫂子倚在门口也笑着，阴阴的：“当年秋菊可把我们给吓坏了，现在回娘家还有人说‘你那小姑子可真够浪的。’”秋菊感到浑身热起来，像针扎一样。她站起来说去给牛添点草，后来就听见她回屋睡觉的声音。第二天早晨母亲见秋菊还不起来吃饭，就去叫她，却看见她早已死了，床头两个空的扔着的农药瓶。

东柏的叔叔堂兄弟们都来了，说要去告秋菊的父母。秋菊的哥哥弟弟们也都摩拳擦掌，说秋菊是自杀，两家争论不休。东柏什么也不管，任他们乱去，独自抱了死去的秋菊回家了。他守在秋菊身旁，不吃不喝，只呆呆地坐着。邻人都过来劝他，说人死了夏天不能老放着；说死人是死了，活人还得活下去；说秋菊活着时不舍得让你饿一顿，如今你这样不吃不喝折磨自己，她在那边见了还不知心疼成啥样子呢；你不想自己，也该想想孩子啊……他的三女儿一步步迈到他面前，拉着他的手喊：“爹，爹——”东柏忽然看见一线光从小女儿眼中一闪，“秋菊——”他暗叫了一声，忽然大哭起来。

“醒了，醒了！”人们高兴地说着，把准备好的棺材抬进来。

有一天半夜里，三女儿哭醒了，他左哄右哄哄不住，背了女儿去小卖部。夜色凉凉的，他深一脚浅一脚地走到小卖部门前，里面的灯竟然亮着，门一推就开了。

“还没睡啊？”他向店主打招呼。

“没。”店主好像知道他要买什么，自顾自给他包了一包芝麻糖，称了几块甜桃酥。女儿抓着糖一块块往嘴里送，后来在他背上睡着了。

第二天他去地里干活，碰上店主打招呼：“哎，昨晚怎么睡得那么晚？”

店主不解地说：“不晚啊，不到十点就关门了。”

“啊，这怎么回事？”东柏只问了一句，也没往心里去。

后来大女儿考上大学在城里结了婚，忙着工作，买房子，很少能回家；二女儿考上了中专到城里打工，找了个对象，也离家远远的。

女儿的日子也难过，有儿有女的，城里竞争得厉害，又下岗又买房子，回家的路费也该省就省了。这几年他就跟三女儿相依为命。日子过得真快，转眼三女儿已过了结婚的年龄，三女儿被他催走了。

饺子一圈圈摆在盖帘上。他包得很慢，却也包了满满一盖帘。他听了女儿的话，馅里多放点油——因为初一的饺子不能放肉，乡下人的说法，初一吃一天素一年素净。他数饺子，一个，两个，三个……人家说饺子是单数，家里去人，双数添人。数完了是单数，他心里想：怎么是单数，家里的人都去光了啊！这天晚上他梦见了秋菊，秋菊还是那么年轻，那么俊俏，她微笑着向他招手，说天都亮了，快来吃早饭吧。他看到桌上摆的菜正是三女儿临走时为母亲做好的供品：两碗白米饭上立着四颗红枣，一条鲤鱼周围几片菠菜叶，几片咸肉排在碗里，还有涂了一层酱的烧鸡。

初一的早晨，外面下了白茫茫的雪，古旧的小屋被雪覆盖了，老人安静地离开了这个世界。

第三辑 情

内心安静且饱满

《红楼梦》里妙玉请钗黛吃梯己茶，还不忘开开宝玉的玩笑：“你虽吃的了，也没这些茶糟踏。岂不闻‘一杯为品，二杯即是解渴的蠢物，三杯便是饮牛饮骡了’。你吃这一海便成什么？”虽然器物是饮牛饮骡的海量，但妙玉还是给宝玉倒了一杯茶的量，她在心里还是把他归入雅士一流。中国茶道大体分为禅宗茶道、雅士茶道、贵族茶道和世俗茶道，妙玉高妙的茶道是禅宗茶道无疑，品的是生活禅意。宝黛自然属于文人雅士，而贾母则是贵族，至于刘姥姥这样的草根一族就是世俗的品法了。

见得多的是世俗的喝茶人，边喝边聊，谈生意、谈生活、谈天气，偶尔有二三文人聚在一起，聊聊春秋和古今，这便是品茶三乐中的“众品得慧”了。沟通传递，互相启迪，不管得到的是世俗生活的技巧，还是宇宙人生的思考，都算是一种“慧”了。爱默生说只要有第三个人在场，谈话的人就无法深入内心，只有两个知心的朋友才可推心置腹诉衷肠，这是“对品得趣”。而一个人独品，面对青山绿水，或身处高雅的茶室，心驰万里，神交自然，便是“独品得神”了。

每天傍晚我从一座老房子下经过，都会不由自主地朝二楼突出来的一角上看一眼。那里有一扇雕花的窗子，一个拿着团扇的古典女子悠闲地坐在窗前饮茶。茶香清纯甘鲜，淡而有味，悠悠缭绕，飘下街来。现在已经没有人用团扇了，她看起来像个谜语，高坐于我的头顶，就像踞于悬崖的斯芬克斯，终究要与俄狄浦斯相遇吧。

慢慢地，关于她的一两句传闻随着茶香飘到巷子里来：她的丈夫是个富商，年龄比她大一倍，经常有应酬不在家。她不喜欢应酬，就一个人待在家里读书、品茶，静静地望着窗外过往的人群。

有一次，我有幸被那个富商请去家里喝茶，他就是老赵。老赵很有钱，但不是土豪，而是一个儒商，他想让我给他写一本传记。他端出一套紫砂茶具，笑意满满地说：“今天让你尝尝郁儿泡的茶。”她脸上的笑淡而浅，徐徐走在他身边，一副夫唱妇随的模样，让我想到举案齐眉、相敬如宾之类的词语。她纤细而无血色的手指像兰花一样抓住水壶，用开水将水杯一溜烫过，用茶匙盛出半匙茶叶放在白纸上，像一粒粒的小型卷心菜。她说这是乌龙茶，老赵最喜欢喝的。老赵在旁边哈哈一笑，接着谈他自己的经历。茶叶按大小个儿分次放入茶壶中，开水从茶壶边缘处不间断地缓缓注入，茶叶于壶中徐徐滚动，像湖面上的水波。才三五秒，她又把茶水倒入旁边一个看起来与其他杯子形状不同的杯中。见我疑惑，便解释：这是闻香杯，第一泡用来洗茶，洗完茶后再次冲茶，然后盖上壶盖再淋沸水，并顺便冲洗一旁待用的茶杯。她说这是为使茶汤维持在高温，保持香气。然后是斟茶，她把茶水轮流注入每个杯中，每杯都先注一半，然后来回注入，直至八分满止。

过了一会儿，她擎茶递于我，脸上仍旧带着浅笑，很温馨。茶香氤到我的脸上来，像烤红薯的香味，但我不敢说。她说：

“这是焦香。”老赵说：“我们老年人就爱喝这种岩韵醉人的浓茶，你先尝尝，下次来叫郁儿泡她喜欢的绿茶给你喝。”

老赵有钱，也有才，他会写诗。看着郁儿泡茶，我忽然想起老赵戏作的一首诗：

莹润如眉月，轻凉动寒叶。
香花淡可亲，微醺意正怯。
心安似太古，青衣引瘦蝶。
花面交螓首，朱唇启清冽。

在老赵的传记里，他和郁儿的相识相爱既浪漫又传奇，既粗犷又朴实。看着她踏实而沉静的脸，我毫不怀疑她是爱他的，他们确实像他描述的那样相爱，但总归，令人隐隐地感觉到缺了点什么，我不知道缺了什么。

我再次去赵家，老赵不在家，由郁儿翻出一些资料来供我参考。

这一次她给我泡了绿茶。

没有上次那样繁琐，用的是透明的玻璃杯，茶叶徐徐下沉，干茶叶吸收了水分，叶片展开，水色清碧浓鲜。水面上水汽夹着茶香缕缕上升，如云蒸霞蔚，而叶片则似雪花飞舞，浮浮沉沉。

没有上次乌龙茶那么浓烈，淡淡的绿茶香把你带入果林花圃般，仿佛品尝到清脆甜美的果实，至清，至纯，类似汁液，回味无穷。

他们的故事在她的讲解中似乎有了另一种味道。也对嘛，同一件事情每个人的理解都不同。

那天她站在湖边，准备投水。他看见了，觉得不对头，就走上前去关切地询问。她什么也不说，只在前面走，他在后面跟着，后来见他一直这样陪着，不忍心，就停下来。他问她到底为了什么要寻死，她总不说理由，他就放弃再问，只是一个劲地劝她。他以为她终于想通了，刚一转身，却听到扑通一声，她已经不在岸上了。那是冬天，湖水结了冰碴子，他仍旧毫不犹豫地跳下去。毕竟，已经不是壮年，他的腿冻坏了，以后每到冬天就痛。

她被救上来之后，他经常去看她。

有一次，他问她，因为失恋吗？她说是为了给母亲治病，欠下很多钱，现在被追债，她已经走投无路了。他问她欠了多少，她一时无法回答，因为她在说谎，她是一个不大会说谎的女子。

然而他却相信了。他是个老实人。他借钱给她。他爱上她泡的茶。劫后余生般，他在身边喝茶让她空洞的内心倍感踏实。

“那么，最终，你为什么要投水呢？”我好奇地问了一句。

她却说：“品茶能够让一个人内心安静且饱满。”

我仍旧不死心地问：“焚香是除妄念，难道品茶为静痴心？”

她淡若梨花的脸此刻红了一下，像胭脂涂出来的晕。她没有说话。过了一些日子，我偶尔经过老房子再朝窗内望的时候，她没有坐在那里。后来，我再也没有见过她。茶室空了。难道我就是那个俄狄浦斯？

蓝山与小王子

第一次去蓝山咖啡馆，是宇清约我，后来我们经常在那里见面。檀木桌椅，绿藤缠绕，宇清总是迟到，进来时还一副匆忙赶来的模样。他坐在我对面，说：“真累啊，前天刚回到家，公司办公室主任就打电话给我，说办公桌上很多文件，叫我马上去公司，我气得差点没骂他。”我说：“很少有人去切身体会别人的感受，很少有人会知道你是需要休息的。”他孩子气地说：“可是你知道。”他说他喜欢像小孩子一样调皮，可是天天都在谈判桌上，回到办公室还要审合同，全都是外文的，头昏脑胀，晚上还要给老板写邮件，报告一天的进展情况。我笑着安慰他："公司就像一台运转的机器，机器是没有感觉的。"他反驳道："可是机器是由人控制的。"我说："人也变成了机器啊，机器零件。"

有一次，我坐在角落里等着宇清，百无聊赖地抬起头，看见咖啡馆的老板正望向我，我回了他一个微笑。他从来没有走出过吧台，只是安静地坐在那里，有时候我进来时经过吧台，看见他手里拿着一本书。我总是送书给宇清，有一天问他，圣-埃克苏佩里的《小王子》看了吗，宇清说，我哪里还有时间读书。

蓝山的老板手上拿着的正是圣-埃克苏佩里的《小王子》，我不由停下脚步，跟他攀谈了几句。他亲自为我调了一杯咖啡，味道爽朗、甘甜，有一丝——我仔细品味着，终于想到是有一丝烤麦粒的浓香。问他咖啡的名字，他简洁地说："麦田。""呃——"我意会般开玩笑地问他，"有没有日落？""有啊。"他微笑着望向我，那种沉淀下来的洁净如此赏心悦目，我不由得惊叹，这是一个可以轻松滑入你灵魂的人。没有攻击性，让人舒心，随风潜入，无声无息，他的笑意如此熟悉。

之后我便成了他的熟客。"来一杯日落。""来一杯麦田。”而宇清只点他们的招牌咖啡，“蓝山”。或许是他看宇清是不懂得《小王子》的人，也从来没有推荐过其他。“你男朋友又在忙啊。”他有时候对我说。我说：“是啊。”接着我们便聊起一些旁人不大感兴趣的话题。舟山的油菜花，冬天结了冰的湖，左岸咖啡馆，伦勃朗的绘画，杜普雷的大提琴曲。

他还给我讲到咖啡。

“传说有一个牧羊人在牧羊的时候，忽然发现几只山羊蹦蹦跳跳，焦躁不安，他仔细观察，知道它们是吃了从一丛灌木上落下来的色泽微红的浆果才兴奋异常，便采了一些果子回去煎煮。没想到霎时满屋芳香，忍不住喝了一口正在熬煮的汁液，是让人舒服的带着浓香的苦涩，之后又喝了一些，感觉神清气爽，精神振奋。咖啡豆就是这种红色果子里的果仁，之后就有了这劲道很足的饮料。”

“很美的传说。”我从故事中醒过来，开玩笑地问：“你开这家咖啡馆是因为喜欢喝咖啡吧。”

他笑了。“你男友很喜欢喝蓝山。”

“嗯，他喜欢加勒比海盗。”我开玩笑地说。

他会心地笑了，“加勒比海环抱之中的蓝山。酸、甜、苦调和极佳的风味，你男友很有品位啊。”

想到《小王子》，我不以为然地摇了摇头，说：“不过一怪咖。”

“怪咖是扎玛格蓝咖啡，它是用葡萄酒、热咖啡兑制，添加干柠檬、肉桂和糖而成的——”

“我喜欢摩卡。”

“你很古典。摩卡是一种最古老的咖啡，也是一种最优雅的咖啡，饮之润滑可口，醇味历久不退。”

他从来不像宇清那些朋友，喜欢侃侃而谈新闻、小道消息，家长里短，他们总是把时间浪费在那些琐事上，读一些梭罗所谓弱智和儿童才读的文字。他们识字，是识字的文盲，叫我厌倦。宇清说：“今天把个性签名改了，结果巨多朋友、客户给我发信息，祝贺我。”

“祝贺你回到庸常的生活？”我揶揄道。

“祝贺我结束出长差的煎熬。”宇清宽厚地反驳。

他一向宽厚，笑意浓浓，像那杯蓝山，在棕色的山丘上画出一个白色的S形，让你不忍心，总是不忍心责怪他，他的忙碌和迟到以及不赴约。直到有一天，我看到他发给一个叫可可的女孩的短信：亲爱的，想我了吗？

我恍惚走进咖啡馆，咖啡馆老板叫住了我，他仍旧没有走出吧台。

他问我怎么了。

“我的玫瑰被虫蛀了——”我脱口而出。

夜色已深，咖啡馆里只剩下了我，不知道什么时候响起了韩晶的那首《不要用我的爱来伤害我》，清冽而冰冷的女声：“我以为你是真的爱我，所以我才认真把握，不知不觉陷入爱的漩涡，抓不住解救的绳索——”

他从吧台里出来，我看见——他坐在轮椅上。他来到我面前，说：“你男朋友没有来啊。”我轻笑着没有回答，不需要回答，仿佛默契由来已久，一切了然。

他说：“爱情就像一杯玛琪雅朵，玛琪雅朵在意大利文里是印记、烙印的意思，再加上焦糖，象征着甜蜜的印记。它只要在浓缩咖啡中加上两大勺绵密细软的奶泡就可以了，但是打奶泡时，由于奶泡与空气接触会影响它的绵密度，因此玛琪雅朵在做好后应尽快喝完。爱情经不起长久战，哪一方都会疲累。”

“你疲累过吗？”

“我——呵呵——我是一个很懒散的人，我只看着别人爱。”沉默了一会儿，他又说：“你不想知道那个蓝山的故事吗？”

我知道他又要开始讲故事了。他总是喜欢讲故事，我现在也不知道那些故事的真假，但是有趣就行了。

爱情终于露出它的真面目，
狰狞，却又带着孩子般的微笑。

小城故事

我发现我是这么容易遗忘，他的音容笑貌在我脑中渐渐消失。我至今不明白我们为什么擦肩而过，是因为彼此的骄傲、矜持、疑虑？是因为我的自私、狂妄、任性？他的确漂亮，然而所有的仅仅是漂亮！我看到他踌躇不安地不愿离去，手里拿着纸牌等同宿的人来玩，我故作平静，装作不知道他在等我。我刷牙、洗脸，自顾自做着自己的事情。终于有人来叫他：明天还要赶火车，别玩了。

我看着他的离去，心里有些怅怅的。我不曾想到那就是我们的结束。他从北京回来了，我却走了，只身去了北京。

那一年我回老家，去了老厂，心里想着也许我会再遇上他。同事们纷纷出来打招呼，一抹蓬松的头发，我认出了他。仍旧是一副玩世的恹恹之态，似乎有一点忧郁，又似乎有一点陌生。他耸耸肩没过来，因为人群里只有他一个男孩子。后来我就再也没见过他，听人说他结婚了。那是冬天，雪花像几米漫画里般团团飘落着。我忽然感到失望，爱情就像一个童话，在这个冬天里消失了。

也许不该有失落的感觉。我的心就像今年冬天里的雪一样寒冷，偶尔的回忆只会成为彰显我凄凉心绪的背景，或者小说的契机……

第一次见到他是我去厂里找父亲，跟父亲说完话正要离开的时候，一起身就看到了他，竟疑心自己看到了《碧血青天杨家将》里的展昭（当时我正迷这部电视剧，天天想象着展昭会突然出现在我面前），也只是一瞥之间就过去了。后来辍学，几经辗转却进了厂子。仍旧以我孩子气的脾气任性妄为，倒不是因了父亲，品性如此，不受约束，无论到哪里都是不守规矩的一个。

晚上总是要加班，我们几个人坐在后面，边做事边聊天。

只有小花是不住宿舍的，她晚上要回去。听说她的父亲是局长。她是我们之中唯一化妆的女孩子。她要他送她回去，他不肯。阿凤就在旁边帮腔：“你就送人家回去嘛，怎么这么不懂怜香惜玉呢？”煽风点火的口气。先前只是推诿，听了这句话他几乎要发脾气了，四处无援，一脸尴尬地坐在那里。我只在旁边看着他们的游戏，尤其是他那张无措的脸，想笑，后来就真笑起来，一副幸灾乐祸的样子。忽然想起《天若有情》中王琪愤怒却又无可奈何地对展颜吼叫：“你怎么这么坏，你怎么这么坏啊？！”

我想我当时的表情就像展颜吧，其实我不是坏，我只是想笑。

他有时候会坐在后面，跟他那些所谓的姐姐们聊天。娟姐是一个看上去老成持重的女子，她对他说：“她太小了，才只有十八岁。”我只听到这一句，被惊了一下，我猜想他们是在说我。然而不敢再听下去，即刻走开了。

而青姐是一个咋咋呼呼的人，我刚来宿舍时，在床上躺着，她进门一开口，那大嗓门，我便吓了一跳。后来每每被吓醒，以至于不敢在她回来之前睡去，不知道待了多少天才适应下来。看书或者假寐——我是宿舍里唯一读书的人，手上正有一本诗集。

“她怎么一点感觉都没有呢？你说她怎么可能一点没觉察呢？”青姐气急败坏地嚷着进来了，看见我躺在床上，就忽然住了嘴。只是书压在我的脸上，并不见动静，她们又继续小声地嘀咕下去。这样倒叫我不敢把书拿开，只能继续装睡，真是难受。

我记得我把自己的椅子让给了经常聊天的一个同事××，然后再去拿他旁边的（当时他没有坐），他使劲夺过去，说什么也不让我用。他的固执无理激起我的愤怒，但是他却说：“找你的××哥哥去要。”我终于明白，却仍旧赌气，发誓再也不跟他讲话，而且也确实这样做了。

但是好景不长，有一天他帮厨房师傅收饭票，为了避免要递给他，我就放在桌上，也不说话，以为如此可以躲过一劫。他却举着问这是谁的，我不理他（明明知道是我的）。他不管后面有人排着队催促，仍旧问，故意地，而且很大声。我只好开口。

进了车间，我很轻巧地向后面走去，他坐在尽头，歪着头，正望着我，他就那么一直望着，每次都是。有一次，阿凤笑着问我：“你知道吗？”她还没说就咯咯笑起来，“你知道吗？他一直看着你呢！”她的后半句淹没在笑声里，我装作没听清，他拿眼睛瞪着阿凤：“别说，你还说！”

然而她又大声说了一遍。他低下头去，我孩子气地说："他在笑我慌张的样子。"我当时弄散了一堆产品。

"不要朝我这儿看。"后来我说。

"那是你的地盘？我看窗子呢。"

"我先来到这儿的，这就是我的地盘。"

"怕看，怕看弄个帘子来。"

惹得旁边的同事都笑起来。我觉得当时我好尴尬啊！我好幼稚啊！

……

镇上的小工厂大抵如此，第一个车间主任跟老板有不一般的关系，肤色白里透红，眼睛不大，却是朦朦胧胧地充满诱惑。她总是喜欢眯了眼，望向窗外，探索着老板和老板娘是不是又在吵架了——

其实老板娘也是一个很美的女人，长长的睫毛忽闪忽闪的，一双幽深的大眼睛藏在下面，看上去有些神秘又有些幽冷。老板曾经跟父亲他们在饭桌上讲他当初是怎样追求她的，费尽心机。他是爱她的，可是，那样的爱也不过几年就没了。

第二个车间主任也仍旧是这样漂亮——

是他的老乡。那个很会做人的女孩子，长发披肩，一双大眼睛总带了笑意，对着那些似乎比她高一级的男人们。关于那笑，我总不大喜欢。但是有时候会想，他喜欢的应该是她，那么美，又那么圆熟，活脱脱的一个宝姐姐。他们有时候也会开玩笑，只是她对他说的笑话和对每一个男人说的都一样。

我想，她是喜欢他的，只是——

她的感情从不外露？还是他并不是可以让她平步青云的人？或者，她知道他已心有所属？这么精明的女子！

他从北京回来以后，我几乎认不出了：头发不卷了，休闲装也换成了西服，据说是老板经常带他去见客户，所以给他买了衣服，还有——

都说女人可以以姿色生活，原来男人也可以。我在心里嘲笑着，对刚回来的他表现出不屑一顾的样子，仿佛没看见似的走出大门去。

旧历年快到了，车间里冷得厉害，我仍旧穿着单薄的外套，很宽松的样式，轻飘飘地往外走。他从后面走上来，我以为他会跟我讲话，却没有。

终于要吃年夜饭了，老板请客，买了很多肉和菜，让大家一起包饺子。我也跟着凑热闹，不会包就擀面皮。好不容易擀出来的面皮堆在面板上，他的老乡也就是第二任车间主任那个宝姐姐，一来连话都不说就把它们全都搓在一起要重新揉面，重新擀。“这样的面皮，包了饺子也会烂成一锅。”她仍旧笑着，我悻悻的，却也无话可说。我是无用的。

吃饺子的一拨拨走了，她和另外一个业务部的男同事忙着张罗，老板一会儿也要过来吃饭了。

直到最后他也没有出现。

新年伊始，我就坐上了去北京的火车。从车窗里望出去，磕磕绊绊的麦田跌跌撞撞地一路铺展下去——

有眼泪滴下来，不是因为留恋，只是莫名地悲哀。

吃不到葡萄说葡萄酸

中午吃饭回来，婉君说我介绍一个朋友给你。她嘻嘻笑着，一边把键盘敲得极响。我知道她又在跟她那个“地下情人”聊天了。我还知道她要把他介绍给我——像小孩子有了新衣服，总要穿出来炫耀一番，或者是糖果，她要分给你，等你真的要了，心里又酸溜溜的，她会一遍遍地提醒你，这糖果曾经是她的。

“我给你介绍个朋友吧。”婉君每次说完这句话，还会跟上一句，“他以前追过我。”

我微笑着摇头，想起她那个肥头大耳的朋友，心里止不住地笑。那是一张三人照，风吹云动的背景有点像抗战时期的战场，前面三个敦敦实实的男子。

她仍旧把照片发来，极殷切，一次，两次。

她说：他很有才华的，自己办了一个文学网，你去看看，他写的文章有一种独特的味道在里面。他是一个旧人，文风像极了胡兰成。

我最讨厌胡兰成，我说。那个行走在花丛中沾沾自喜的男人，实在让我喜欢不起来。她说，或者是他们说，兰成是个顶单纯的孩子，只是过于执着于自我，他的心里没有伤害，只有爱和欣赏。

“兰成，”我哧地笑了，“还兰成？”

爱？博爱吧！我想。

在胡兰成的笔下，他的每个女子都是极其艳丽的。她们的身价就是他的身价，这虚荣也让我感到好笑。

他们都是喜欢胡兰成的人，所以他们之间也有一种默契，这默契让婉君骄傲，也让婉君添足了以往的诗性——婉君喜欢诗，沾了诗性的飘逸美，更加像一个梦着的可爱的孩子了。她总是嘘——嘘——地讲话，想说还休。她说：“以前我男朋友很不喜欢我和他聊天，后来也渐渐地习惯了。”声调听上去有些抑制不住的感觉，仿佛是背着谁在说话，其实房间里只有我们两个人。然后又故意放大声，震得墙壁也动了似的。

“唉，可惜我有了男朋友，不然——”婉君又在叹息。

“不然如何如何，又当如何呢？”我打趣着问，心里却不免丝丝怜惜。那人虽并不美，却也有着让诗女婉君着迷的地方，我想，必是我的偏见。虽想着，却也不当真。

婉君定要我加上他的QQ。

我不以为意，随手添加。

“我是婉君的朋友。”我说。

“婉君这丫头其实不错，可是不漂亮，我只喜欢漂亮女孩。”他立刻发过一条信息。

这句话让我彻底惊愣了。

“天哪！天哪！”我不禁叫起来。

“怎么了？”婉君猜中了我在跟他说话，急切地问。

我不知道如何说起，为免她的尴尬，我搪塞着。婉君一急，便红了脸，像个不好意思的孩子，却又想辩白的清楚。

我迟疑着。

我又发信息给他："婉君可是我的朋友，你早该知道我会把这些话转她。"

他发了个笑脸，我从那笑脸里看到了惊讶和不安，跟着笑脸却仍旧说："发了也不怕。"

我开始恐吓："既然得到你的允许了，那我就发给她了。"

他仍旧笑："我就知道你没有把原话发给她。"

我无语。婉君还在一旁催促着："快发我，他到底说了什么呀？看不到我睡不着觉的。"

过了一会儿，我对他说："你是吃不到葡萄说葡萄酸吧？"

他说："是的。"

我满意了，就把这个满意的答案转发给了婉君。红晕渐渐从她脸上褪去，又恢复到笑靥如花了。

只有我知道，"吃不到葡萄说葡萄酸"是我硬要来的，其实，他跟胡兰成一点都不像。

如今，我觉得胡兰成还是比较可爱的。

寂寞的眼泪

你竟似那汀岸的杨柳，依依柔柔，眸中带伤；我却是流离的路人，恰巧经过。

抚摸你眉黛一样的伤痕，轻声问着："痛吗？"

你不答，却有泪滴下来，一滴，两滴……

我伸手要去擦拭你的眼泪，突然被一个声音制止了。

风从树缝里钻出来，郑重地告诉我："别碰那眼泪，有毒。"

我将信将疑地止住了。

第二年我又经过你身边，竟忘了风的告诫，让白色的绢帕浸润在你的眼泪里。渐渐地，我发现我的手臂变成了树一样的颜色，那颜色一点一点地蔓延，才想起这眼泪是有毒的。

“你为什么要害我？”

“因为我太寂寞了，我希望我的身边有同样的一棵树，我流眼泪的时候她也流眼泪，我心痛的时候她也心痛。”

你的眼泪像毒蛇一样迅速游遍我的身体，侵入我的血管，取代了我的血液。血管里流淌着的是透明的液体，我彻底变成了一棵树。

就这样交相望着，一年，两年，我看着你一直流着眼泪，直到这个地方杨柳成荫，被称作林子。

突然有一天，他问我：“你是否恨我？”

“从来没有恨，有的只是怜惜。”

“怜惜？”

“因为你注定是寂寞的，即便你身边林木成荫。”

“原来你懂。”他沉吟了一会儿，说：“如果我有力量将你还原为人身，以后你还会经过我身边吗？”

“我会的，而且会再为你擦去泪痕。”

他抖落一枚杜梨似的圆球下来，大概是昆虫啃食叶子时不小心变成了琥珀。“吃了它，你便可以恢复人身了。”

我照做了。

我的手臂渐渐地收回，仍旧变回临水照影的纤弱女子。

“你还会再来看我吧？”他问。

我一边应着一边去搜寻他身上那种杜梨似的圆球，然后一个个摘下来。

“你要做什么？”

我把那些小琥珀分给旁边那些变成树的女子，“我说过，你注定是寂寞的。”

“她们是不会走的。”他低沉而缓慢地说道。

那妖娆的枝条宛若舞女的腰肢，四下摆动，频频颔首。

我像一个莫大的笑话站在风里，等着他的嘲笑。

“你不会回来了，是吧？”他只说。

我没有看到嘲笑的目光。

以后的日子，我走过了很多路，路过了很多树，再没有一棵会流眼泪的。所以，我时常会想起他流眼泪的眼睛，寂寞的伤。

地球是圆的，终于有一天，我又绕回到他的身边。

“我记得你，一直都记得你。”他说。

“我不能变成你心中想的那棵树。”

“那你为什么要回来？”

“我愿意以人的形式陪在你身边。”

他的眼泪又一次流下来。我很想问一句：你的眼泪是否还有毒？

玫瑰的灰烬

——旅行十三日

那人说：这是我骨中的骨，肉中的肉，可以称她为女人，因为她是从男人身上取出来的。

因此，人要离开父母，与妻子连合，二人成为一体。

——《圣经·创世记》

杭州

虽然坐的高铁，到达杭州的时候天也黑下来。穹苍幂幂，细雨涔涔，我们在夜色中寻找定好的酒店——是河坊街的一家如家酒店。

酒店里冷冷清清，大概是因为人多回家过年了。踩在长廊的地毯上，嗒然若丧般——本不是应该欢喜吗？或者，旅途的滋味，并不能彻底地被身边的伴步者打消。第二天，我醒来的时候，S早已起床出去游逛了。他打电话问我是否收拾好了，然后才回来。雨收气爽，阳光明媚，就像他兴奋的脸。我们在一家小店里吃了煎包，就开始“游”杭州了。

我想去西湖，因为在杭州只停留三天的时间，总要抓住重点。他却要近水楼台，随意走到附近的伍公山上去，我也只好跟随着他，踏上宽宽的石板路，屋舍俨然。在小径上穿梭，不经意地望下去，星甍栉堵，灰瓦白墙，一座座简陋颓败的老房子低摧相迫，挨挨挤挤。S指着巴掌大的小院中那块撑起的镂空，说那是天井。一个老爷子从天井下踉跄地走出来，似乎在对院中正晾晒被单的婆婆讲话……走到尽头便是吴山的入口了，吴山俗称“城隍山”，自然有城隍庙，像很多地方一样也是朱漆的大门，但是苍茂的老树还是给人一种沁人的阴凉感。亭阁楼台，井然有序，在繁茂郁葱的枝叶中半遮半掩。晶亮可鉴人的石板路，沿崖而建的“感花岩”，从根上便生了枝杈的弯曲的老树，一路披下来密密麻麻的藤蔓植物……我对山没有免疫力，对山上的植物没有免疫力，连北京城那座小山——百望山都让我拍下很多照片。吴山也不高，这里的植物并不像百望山那样草莽凌乱，而是错落有致。S更喜欢摩崖石刻，擎着相机一幅幅拍下来。

三茅观简陋古拙，隐在一片清幽之地。他问我知不知道“三茅”的由来。“莫非是三个姓茅的人住在这里？”我开玩笑地说。倒被我蒙对了，他说：“这三个姓茅的人是三兄弟，据说得道成仙，后来就被称为三茅真君。”“难怪要住道观。”我欢悦地应和着。只有我们两个人，多好！不用“面对盖利那些人了”，我们离得这么近，没有任何人插在中间，简直就像在世外桃源里，我尽情地呼吸，似乎之前的龃龉全都消失了。

从山上下来，穿过打铜巷，各式各样的铜铸品，有花卉鱼虫，有飞禽走兽，有铜塔，有铜山，还有铜铸的“八牛”，栩栩如生，禅味盎然。从打铜巷直至河坊街——好热闹的一条街，一个店铺接着一个店铺，杭州的油纸伞，丁零当啷的小饰品，还有各种各样的小吃，色彩堆叠，叫人看得眼花缭乱。S像个小孩子，对什么都怀着兴味，看人家几个异装的汉子喊着口号锤打一种胶黏糖就看了好一会儿。他看那些汉子，我看他，好笑的风景。

我们自然买了几包糖，还买了两包猪肉干。在拐角处看到一家店伙计正叫卖“叫花鸡”，涂了一层泥，又包了一层荷叶，的确有些诱人。S问我：“我们买一只？”当然了，为什么不买呢，只要你喜欢。我们像两个馋嘴的小叫花，撕着“叫花鸡”，看着他吃得津津有味，我很开心，像看着一个亲爱的兄弟。

当然，他是我的“爱人”，他是这么对人说的。

他说你活得那么恣肆，但他又说你总是那么紧张。恣肆和紧张不是矛盾的吗？是了，我想怎样活就怎样活，这是恣肆；可是在我不能想怎样就怎样时，就变得紧张。我拼命地“要”，我必定要得到我想要的东西。他不像我，他说他不是个执着的人，“当我控制不了的时候，我就放弃。”如此，一切便在他的懦弱中疲沓瘫软了。我想，连我这个人，他也不确定是属于他的吧。他总是说“要想不被人拒绝，就先拒绝别人”。为了他可笑的虚荣，他用拒绝折磨我；又为了不致真的失去我，他就来欺骗我。他却说那是率性——率性得想说谎就说谎？说到底，不过是解决不了问题的无能。他让我一次次在他的谎言中崩溃。然而，两两相对的时候，又给我一种错觉……

我们沿着南宋御街一直向前走，真傻，竟然没想到叫一辆出租车，沿途又没什么景致，还走了一些冤枉路。终于到了西湖，天色已经黑透了。斑斓的灯光，铺在水面上，摇摇晃晃。已经走得很累，坐在湖边一个石砌的台子上，我倚着他的背，如释重负般，懒得再起来。我望着微波荡漾的湖面，憧憧如剪纸般的人影，忽然想到地老天荒。

第二天去灵隐山。最可观的是飞来峰，据说这是天竺国灵鹫山飞来的一个小峰岭，所以又称灵鹫峰。还有一个传说，说是济公和尚预知山峰将要飞来，就一一告知村里的人逃难去，但是有谁会相信这个疯疯癫癫的和尚？不知道这疯疯癫癫的和尚是否像孙猴儿一样急得抓耳挠腮，反正瞬间便抓挠出一个极智的办法来，背起人家的新媳妇便跑，众人不得不追赶起他来……难怪人们怀疑是从外面飞来的，飞来峰与周匝其他山峰不同，它整个是一堆石灰岩，岩洞里怪石嶙峋，匍匐如异兽，兀立如劲松。从岩洞里出来，彻底惊诧了，峰棱如削的石壁上大大小小数不清的摩崖石刻——“这才叫壮观，”我极目望去，也不忘嘲讽S，“看到这里的石刻，想想吴山，真是小巫见大巫了。”我们攀上崖壁，一个个地辨认着，这是哪尊佛，哪位菩萨。崖下小溪潺潺，碧水映绿荫。

溪边便是灵隐寺。这座寺庙建于东晋时期，真可谓千年古刹了，依山傍水，翠树森森。寺内烟雾缭绕，香火不绝。想起宋之问当年访寺题诗：“桂子月中落，天香云外飘。扪萝登塔远，刳木取泉遥。”不知院中这几棵老树是不是桂树。寺院中间是天王殿、大雄宝殿、药师殿、直指堂、华严殿，两边有济公殿、华严阁、方丈楼、五百罗汉堂……罗汉堂里陈列着用巨石雕刻而成的五百罗汉，各各形神不同，姿态有异，也算是一大奇观。寺中对联有“古迹重湖山，历数名贤，最难忘白傅留诗，苏公判牍；胜缘结香火，来游福地，莫虚负荷花十里，桂子三秋”。我最喜欢的苏轼在杭州做官时，就常常推开案牍劳累，一个人乘着小舟来灵隐寺游玩会友，把酒吟诗，“今君欲作灵隐居，葛衣草履随僧蔬。能与冷泉作主一百日，不用二十四考书中书”，是何等疏放潇洒！涤尽尘垢，气逸翛然，我也开始羡慕那一碗莼羹。

我们也拜了拜佛，出来去爬灵隐山了。山上林木耸秀，小径盘旋，“古木无人径，深山何处钟。”钟声缭绕悠远，寂寂传来。深山里多藏宝刹名庵，灵隐山更是不例外，山腰上点缀着一座座小寺庙，韬光寺，永福寺，还有一些没记住名字的，每走一段路就进寺里瞻仰一番。与别处金身塑像不同，这里是雕于石壁之上的，观音菩萨、文殊菩萨、地藏菩萨、普贤菩萨……我在心里念着菩萨，肃穆庄严。佛说：人生来就是要受苦的，生老病死，爱别离，怨憎会，求不得。有朋友说我“情执”太重，会比常人经受更多的苦。但是我想：如果没有杜丽娘的那番至情，又如何体验生命的极致？如果扼制了这原初的力量，生命还剩些什么？我不顾一切地燃烧，如今，却是灰烬一撮——他人即地狱……那么多的声音，那么多的目光，我在头晕目眩中窒息。

S却喜欢这种“热闹”，他嬉皮笑脸地说，“你离老家那么近，怎么不常回家？如果是我，每个周末都要往家跑。”我望着他幼稚的表情——这幼稚与他沧桑的脸很不相称，未免滑稽。我有气无力地回答他——因为我知道我怎么说他都不会懂，但是我还是回答他，“我要保持自己的独立性，有自己的生活空间，心灵空间。我寻求的是自我完满……”他却企图把他的枷锁也套在我的头上，他不止一次地说：“你要听话。”“你不听话我会很难受的。”……他喜欢用“服从”这个词，他说：“我以为我会改变你。”

像空谷的幽兰，
寂寞地仰望，
崖之巅，
那清明的月儿。

冰冷的露珠，
抚摸着她冰冷的脸，
一丝幽香，
悄然淋落。

蓝色的月光，
黑色的流水，
一颗大的泪珠，
摔碎在寂寞的山涧。

我说，“没有什么事情会改变。”不可能的，感受是不会被说教改变的。不能忍受就是不能忍受，不是摆摆道理就适应了地狱，就像饥饿，不是画个饼就可以充饥了。

下山的时候，经过一个小院子，院子里有几根劈开的竹节接成的水管，一股山上清流从竹节上流过，流进一个大石盆中。旁边书字大概是：喝了这泉水能修得禅心。我用饮料瓶接了一些，喝了一口，甚是清冽。递给 S，他不喝。我又把瓶装满，随他下山。我似不经意地问他：“这里可以栖居吗？”他含含糊糊地说应该可以吧。我以玩笑的口吻说：“我看上这里了，哪天我想出家就来这里。”我喜欢的李叔同也是在这里出家的。我知道那不是玩笑，虽不至于出家——这些形式我是不在乎的——却一语成谶般，那句话是有因缘的，也会有结果。时时出现那么一刻，一切皆成浮云（我心里什么都没有，就像没有痛苦）。我喜欢安静地晒着太阳，听着叮叮咚咚的流水声，悠然怡然地吮吸着清爽的山野气息，一个人——他人即地狱。所有的语言都是虚伪，所有的感情都是无奈。

我们这段关系，就像在水牢里行走，不见天日，无有终时，有时候是他抽离，有时候是我抽离。

杀伐决断，逆我者亡。我大概是这样一个人，但是我累了，他让我倍感疲倦。良心这种东西就像牙膏，你挤一挤它就出来，你不挤它就没有，甚至是支空管，你挤也没有。我用语言杀人，他却不死，原来他已经变成一具僵尸……

暮色四合，又到西湖。游人多散去了，我们雇了一条小船，泛舟西湖。波光粼粼，凉风习习。行到湖中央的时候，忽然有一种畸零人的惆怅：真的能够“小舟从此逝，江海寄余生”了吗？想起我曾为苏轼痛哭到三更写下的诗：

梦子瞻

残雪覆枯蒿，月移蓝光冷。
但见青衣披夜来，窸窣谁人影？
揽窗疑相望，夜半才惊醒。
梦君又过潇湘门，却是路人行。

夜阑卧听风吹雨，只愿苏君入梦来，谁知我所恋恋者一直是苏东坡啊。

哭子瞻

簌簌追飞雪，并与晨光白。

早雀戛然掠窗去，犹见枝痕摆。

泪迹尚未干，为君困乌台。

何事只怪孤且直，奇才本天纵。

“东坡何罪？独以名太高。”苏辙的话气贯长虹。天纵奇才？还是天妒英才？还是天地不仁，以万物为刍狗？

思子瞻

少时三白饭，牢狱三毛茶。

便条换羊肉，高帽求问学。

恨君已长逝，知己难再寻。

浮游江上客，你我皆寄人。

天地泱莽，人生如寄，我不是归人，是个过客……船工一边划船一边讲些杭州的传说，他指着湖中央亮着几盏灯的地方说，那就是“三潭印月”，一些有钱人经常登岛度假。也叫小瀛洲。

还有两个岛湖心亭和阮公墩是不大开放的。“我们可以到岛上去看看吗？”我问，也只是随意一问，心知答案会是否定的。

船工又指点我们游玩的路线，他讲起雷峰塔，说：如果想要控制一个人的心，可以在雷峰塔下给她拍一张照片，然后压在塔底一块砖下，她的心就永远是你的了。我觉得那像一把锁，或者会成为锁链。你锁住我的心，却弄丢了钥匙，那时我该怎么办呢？惨恻凄怆，涕泪交垂，如游魂般呜咽——被爱情锁住的静就只剩下了哭泣。静是我的朋友，优雅、沉静，周身透着一股文艺气息，喜欢读伍尔夫，写得一手好文章。再有，就是嫁了个有点钱的男人，从此不用上班，不用做事，却可以花两千块钱做一个头发。看得出来，那个男人很爱她，她也很爱她的丈夫。可是，她却要去看心理医生……

从南方回来后，我也去看过心理医生。S总是丢下我一个人在空荡荡的屋子里，我变成了神经质的游魂。每每怀疑，他是不是照那个船工说的做了，我却无知无觉。他说：“我是个传统的男人。”我回道：“不必拿着传统压人，传统就是要被打破的。女人裹脚还是传统呢，这摧残人的事儿不是早就不时兴了嘛；四世同堂也早给废了，连蒲松龄都写的是儿子成了亲，老两口搬到别院居住——”**你的负累与我何干？与我何干？那不是牺牲我的理由**。他的孩子把所有垫子都翻了个个儿，他的母亲在房间里穿梭，他的父亲坐在沙发上，炯炯的眼睛半天不离开电视机，如一坨泥塑……静站在卧室门口，眼前的一切在晃动，如飞萤，如烟尘，她直直地站着，然后就倒下去了——

第三天上午游胡雪岩故居。我同样提不起兴趣。S喜欢人文历史景观，我喜欢自然景观。但是“故居”亭台楼阁，曲径通幽，缓缓行来豁然觑见对面繁花晔晔，绿水幽幽，园林之妙境昭然若现了。他见我微笑，得意地说：“没让你失望吧。”这是中国人与别国人的异处。别国的自然是自为存在的，不会烙上人为的痕迹，而中国人非得要在自然的石上刻上人为的字，在自然的草木中插上人为的篱笆，天地与人与自然，融为一体，上下贯通，所以我们的自然景观和人文景观是难分难解的。有一对夫妻走来请我们给他们拍照，拍了几张，他们也要给我们拍，我和S相依坐在拱桥上，身后是旖旎的花枝——这是这次旅行我们唯一的一张合照。照片上，他在笑，我亦然。我想，他是爱我的吧。但却逼迫我，“像熬鹰一样”，这是他的原话。他狠狠地逼我

“领受”——“自由不是予取予求，自由是长天大地，有甘露美食，也有烈风寒冬。若你要自由，则要一起领受”。他企图把爱情之外的东西强加进我的生活，我接受不了，他就整治我，“像熬鹰一样”——我强自支撑着被他摧残尽毁的精神，告诉他：“我要自由但不从你那里要自由，自由就存在于我自己身上，我只要求你不给我套上世俗的枷锁——”忽然喑哑了——对牛弹琴，我是在对牛弹琴……传统会深深地浸入遗传细胞……要么顺从，要么“一边待着去”。我熬不下去了，我要离开……心理医生？什么是心理医生？就是看神经病的——

……静在写日志……

两点钟的时候跑到客厅去读《蛀空》，然后听见婆婆起床的声音，还以为她是上厕所，结果她开了门只是关灯，然后又回去了。所有的文字在刹那间全都不见。她是闭着眼走出来关灯的吧，所以没有看见蜷缩在沙发里的我。我默默地没出声，担心一讲话会惊到她。我是个“神经病”嘛，半夜里不睡坐在这里，她一定会惊怪得不行。听着她睡下，我在黑暗中摸索着回了房间……依旧睡不去，于是再起身，刚起来的时候外面稍有点亮了，分不清是月光还是晨光。现在，再望向窗外，却是一片肃杀的黑色。这就是黎明吧，最黑暗的时候……

最黑暗的时候……不知怎么的，我就恍恍惚惚想到《呼兰河传》里那个童养媳，被按在开水中洗澡，几次三番，就给烫死了。你为什么不离婚呢？……我不想提出这样的建议，但还是说出来了。静很惊讶，继而是失望。她的知己——我，却说出这样丧气的话来。但是她仍旧离不开我，她神经质地喁喁絮语，又不是在菜市场买菜，这个不行换那个，那不是爱情，那是爱上某种条件……何况，离婚不是解决问题而是逃避问题，是失败。逃避会成为习惯，失败也会……没有什么能绑架我，除了爱情……她就像一个预言的女巫，断断续续说着她的警句，她身上那股危险的魅力，没有人能够欣赏，尤其是绑架她的那个人。那个人我见过，高而瘦，像一枚弯曲的绿豆芽，又像——一具胚胎？

两个小时后出了“故居”，去等公交车，然后赶往六和塔。穹崇古旧的塔身，我们转着圈儿一层一层地攀登。磨旧的石砖上刻有图纹，凭窗拍了几张照片就下来了；又去雷峰塔，与六和塔的素朴不同，重建的雷峰塔一路电梯，现代得让人惊诧。塔内壁画也满目簇新，白娘子与小青在空中飞舞，素练轻茜，玉颜半酡；许仙与白娘子相遇在断桥，一个翘矣如望，一个凝然若思；还有西湖中的渡船和戴斗笠的船家，仿佛又听见那首《渡情》，“西湖美景，三月天呐，春雨如酒，柳如烟呐……”

塔底还是一片废墟，弘敞又幽暗，一个很大的土堆踞在中间，土堆边缘散陈着一些不规则的断砖，果然是“雷峰塔倒”的痕迹么？用毡布围起来，又像是正在装修。中国到处都在装修，建了拆，拆了建，永远处在一片嘈杂的运动之中。连雷峰塔都装上了电梯，叫人情何以堪？！人太多，只能靠电梯一拨一拨运送，开电梯的人穿着制服，游客像逛商场。

S用手做成一个相机形，嘴里“咔嚓”一声，说是把我和雷峰塔的合影拍下来，然后做了个镇压的手势，放在塔下。阳光照着我的脸，眯着眼的我又皱起了眉头，有些疲累的不耐烦。

我们环湖步行，经过苏堤，岳王庙，花港观鱼，白堤，西泠桥……傍晚行至孤山，先是青灰的瓦檐，接着是霜白的墙壁，再是半圆形的拱门，逐一在一片苍翠中显露。这是西泠印社，如吴冠中笔下的水墨画，清明澄澈，又空灵蕴藉。S给我讲起西泠印社的创办人，篆刻与碑文……跟他一起游玩就有这一样好处，博古通今，博学多识，他是泡在历史书里长大的人，浑身散发着一股浓重的历史味儿。“历史”是一把双刃剑。所以，有时候又不免自命清高，一副迂腐可笑的模样。这种迂腐在我们建立关系以后变得可厌起来，利益攸关，倒不如做朋友时让人舒服——那个时候和煦如春风，我还记得他不经意地摘下一朵花，回转身对着我一脸粲然，自称“拈花一笑”。现在的他，仿佛一直在赌气，不知道是在跟什么赌气，却全把气撒在我身上。他对我不满，可是我又做了什么让他不满呢？《老残游记》里有一段话是这样的，一个妇人对他的男人不满，因为嫌他做不了一个守规矩的奴才。S 也有着这样一套强盗哲学。若是强盗还会对自己的行为有羞耻感，可是他，却反以为荣。**你戴着枷锁当奴才，乐在其中，不代表我也应该乐在其中**。我愤愤地说。他却嬉皮笑脸举着传统的棒子喋喋不休，那酸腐的气味像沼气池里的沼气一样挥发出来，熏得我头晕目眩——

夜色又笼上来，我们经过清代行宫遗址，林和靖墓，苏小小墓。终于走上了断桥。

忽然想起那个船工说，走过断桥的情侣都分手了，谁要想分手就一起到断桥上走一遭。我们终于走上了断桥。谁也没有提起船工说过的那些话，漫不经心地向前走着，走着，气氛敛然。夜幕垂垂，周匝一片晦暗沉寂，我想，他是不是也同我一样只是装作一副满不在乎的样子？

S嬉笑地说："步行，可谓重体力活也。"他开始拍夜景，远处，吴山数不清的灯盏熠耀彷徨在黑山窈冥中，像散落在山间的星星，或者宝石，岿然不动。我们扶着栏杆看了很久，悠悠忽忽，如在梦中。人生几何？况沧海桑田一切终会成云烟，再炽热的缠绵也未必会有明天。秉烛夜游，此时此刻。幸今朝有酒，即可疏狂图一醉。

晚上在"外婆家"吃饭。断桥的作用真的开始奏效了。

"外婆家"人满为患，我们等着叫号，一边喝着为等待的客人准备的大麦茶，不想却听着听着就把我们的号落过去了。S的脸一黑，指责我不好好听，又得重新排号。他一甩手走出去了，我换了一个号，自己坐等。当时我们都已经饿了。

菜上来的时候，他才重新喜笑颜开。他像个长不大的孩子。他没有发展出与他人共情的智力。侏儒长不高就永远长不高了。

我已经不再抱希望。他说他从未想过不和我在一起；我却一夜夜地下决心离开他。辗转反侧，三年来，我在怒火中烧与强压怒火两种状态中摇摆。是的，我受不了了，我要离开，他就威逼利诱——这次旅行就是一个利诱。

一条清蒸鲈鱼，一盘煎酿茄子。

他剔下一块肉夹给我，说："你要多吃点，不然又怪我不知道疼惜你了。"真是无风不起浪，又挑衅，挑起了我的火。我一边吃鱼一边责怪他，我们来时差点误了火车，都怪你……小家子气……说得他快把头低到桌上去了，我在心里不由得怜惜，但却刹不住了，越说越带劲儿，像那两个骂孙悟空偷吃了人参果的仙童。他抬起头来，拿着筷子威胁要敲我，我还是赌气地说，他就真的敲了。我的眼泪掉下来。最后上来一盘绿茶饼，他吃了一个又一个，一再地说："你也吃吧，挺好吃的。"我就是不吃，吃到最后一个他实在吃不下去了，又说："你吃了吧，这一个是你的。"我没有吃。他说你这么固执——

回到宾馆他洗完澡就躺到床上去了，我要洗澡，吹头发，给手机、相机充电，整理第二天要穿的衣服，要带的食物。我有时候会逼他去做，他弄个乱七八糟，让我不放心，又只好自己忙活。

今夜，S写诗一首：

西泠桥畔苏小墓，湖水如蓝遮晓雾。

孤山低徊放鹤亭，白堤苏堤今如故。

他的诗的就像他的人一样，一具空壳。我总是说，你没有灵魂，你把灵魂弄丢了还是从来就没有？我以目光叩问他，他以叩问回答我。你有灵魂，你有心，但是，我从来没能进去过。

第四天游虎跑寺、钱江大桥、苏东坡纪念馆、章太炎墓。章之墓侧有汤国黎墓。S说章太炎的原配是王氏，尽管为他生了三个孩子，但两个人没有共同语言，很少在一起，后人还是把章太炎这位能够诗酒唱和的红颜知己——再娶的夫人汤国黎迁至他的身边了。死或有灵，相知才能相伴。我品味着S口中的“原配”，不由得叹息。他似乎没有察觉，又似乎是有意强调心意相通才是重点，又似乎是故意刺激我。他恨我，我总觉得他恨我，就像我恨他一样。我们总是暗暗地、顺手拈来地刺伤对方。他说他不属于自己。我说那你没有资格恋爱了。他却还是要来骗我，意殊拳拳，说，等以后如何如何……他要我等，等，等，日日夜夜，岁岁年年……爱人只要想想就行……静说，我从那里逃出来了，我以为他会跟我一起出来，我等啊，等啊，他却说，“亲人是要朝夕相处的，爱人只要想想就行。”然后，他就与他的亲人朝朝暮暮，把我丢在一边……他与他的亲人如连体婴儿，同呼吸共消化——他的生命只是一个部分，虽然出了子宫，却没有剪断脐带……

汤国黎女士有诗曰：“不是阳澄蟹味好，此生何必住苏州！”恰巧，今夜是大年夜，恰巧，我们去了一家螃蟹火锅店。S挑了两只大螃蟹，就去洗手间了。我又选了很多配菜。

螃蟹个儿很大，蟹肉肥又多，他要了一瓶啤酒，一边自斟自饮一边说笑话。S记性很好，肚子里装满了笑话，总是能在恰当的时机用一两个小笑话来应应景，添点趣味。他让我陪他喝酒，一向不大喝酒的我也喝了小半杯。顺着他的兴致，他又让我唱歌给他听，我只是笑，他说：“你怎么就知道傻笑啊。”

蟹肉已经让我吃饱了，又给他下青菜，他说他也不吃了，就别下了，下进锅里就浪费了。我欣赏着他的教养，想起以前，我们坐公交车，空座那么多，我随便就坐下了，他却说，“我们坐到后边去吧，这里上来方便留给老人坐。”可是，他的教养为什么就不留给我一点点呢？我感到有些不舒服，就像一个在影院里对着银幕上的悲剧角色哭得稀里哗啦的妇人，却完全不在乎外面等她的那个车夫已经被冻死。人心就是这么荒谬。还有一次吃鸡块，S只捡鸡胸脯、鸡腿上的白肉吃，却把鸡关节剩在碗里，他说，这看起来太像活物，吃不下。我忍不住冷笑。我以为他没有感觉，没想到有一次他说：“我最恨你时时流露出来的冷蔑。”

他是用眼睛看这个世界的，一切尽收眼底，而我，尽管也在人群中，却什么也看不见。我是一个沉浸在自己心灵境界中的人，人同物一样在我这里都变成一种隔离开来的客体。所以，我保有完整的自我，而他的牵绊太多了，太多的负累把他的生命撕成一片片，每一个决定，每一个行为，都不是他一个人所发出的，而是众多声音合力的结果。那些声音、那些牵绊像面具一样黏在他的脸上，揭不下，分不开，他和别人都以为那就是他自己的脸，那就是他的声音。只有我听得出，那声音是夹杂的，不纯粹的。我想对他说：问问你的心，问问你自己的心到底想要什么，而不是把那么多的“别人”作为下决心的筹码。“别人”是另一个生命意志，当你把另一个生命意志作为你生命的一部分时，你的生命就被破坏掉了，你就不是一个完整的自己了，不是一个纯粹的生命了。你还有自己的声音吗？我不由得绝望。

厦门

刚下了车，他就责怪我打电话也说不清。车站广场上人声嘈杂，我手里拿着手机，想找个僻静的地方也找不到。宾馆的人告诉我们到旁边坐大巴，然后在哪里下车。他一听立马掉头就往外走，看到很多人在排队买票，他让我去排队，我总感觉不对，他也不理我，黑着脸自顾自去排。我跑到外面去问那些大巴，又把他叫回来，上了大巴。

到了曾安厝，我又打电话让宾馆的人出来接。S还是黑着脸，厉声斥责我怎么不把穿什么颜色的衣服告诉对方。挑毛病太容易了，他挑上了瘾，莫名其妙，不可理喻。

是一家小旅馆。蚁聚汲汲，这个巷子里挤满了这种小旅馆，因为去鼓浪屿比较方便，就成了游客聚集地。把行李放在旅馆，就出来寻吃的。各种海鲜在盆里炖着，在案子上排着，我们进了一家小店铺，点了一堆小吃：大龙虾、扇贝、花蛤蜊、生蚝……

一条一条的小巷子，横竖交叉，一家一家的小店，争风斗妍，个个把自己装点得别致新颖，极具特色。很文艺的招牌，很文艺的迎宾语，我们边走边拍照。还有些好玩的小玩意儿，多是看看，并不买。竟然也有一家西餐店，我点了个水果奶油三明治，他点了一块芝士蛋糕，看着我的三明治说："你的看起来更好吃。"我笑着分一片给他。

又逛到一家特色店，烤红薯做的奶油汉堡。他们的招牌是一个老外，在门前招摇，也聚集了一些人，很热闹，我觉得没太大意思就往前走了，S却追上来问我要不要吃。我说不要，见他那副样子，笑着说："你想吃就买吧，不要总问我。"他高兴地去买了一块来，举着边走边吃。好笑又好气，总是这样，芝麻绿豆大的事要征求我的意见，而我所在意的原则性的大事他却要蒙混过关，总是想方设法、千方百计地要把我安排进波诡云谲、充满魑魅魍魉的地狱里过日子。我反抗，他就动用冷暴力，屡试不爽。他梦想着我会妥协，会就范。但是我一次次地向他说明，生活方式也是幸福的一个条件，不能按照自己喜欢的方式活，那是不幸的，他却置若罔闻。有些不幸可以煎着熬着忍受下去，**但是你的安排会让我发疯的，会让我死的**。他说，你死也得死在我手上……他不懂得我这样的人，不懂得我这样的人只能够适应什么。他总以为人是可以治服的，却不记得海明威说："人生来不是被打败的。人能够被毁灭，但是不能够被打败。"……

总算逛回到旅馆门口，他还想去之前看到的酒吧坐坐，我却觉得累了，一定要回旅馆。他有些游兴未尽地跟着我回去了。我特意订的圆床，粉红色的帐子披下来，有一种影影绰绰的美。今天是大年初一，我以为我们会情意绵绵地度过。

小旅馆的设施很旧，物品很差，让我有种不洁之感。心意惝恍，没着没落的，草草洗了个澡就钻进帐子。他却背过身去不理我。忽然说："我厌倦了你。"我惊了一下，问他为什么。他敷衍似的说，我这个人就这样，容易厌倦。我也背过身去，心里哇凉哇凉的。想起今年八月初，我的耳朵因痛哭得厉害而嗡嗡地响，去看医生。坐在公共输液室里输液，望着对面墙壁上的人体器官图，渐渐地头晕起来，眼睛也模糊了。我清醒地意识到自己向后倒去。护士跑过来，有些着慌地问我怎么了，一边把滴液速度调低了，"没有人陪你来吗？""快打电话给你的家人。"我打电话给他，没有人接，他知道我在医院里。护士让人拎着输液瓶，把我送到有医生巡管的小输液室去。我又发短信给他，没有回；再打电话，仍旧没有人接。我终于找到一个他公司的电话，打过去，正好是他接的。他劈头便是责备："谁叫你打我们公司的电话？下不为例，这次看你生病了……"我的眼泪唰唰地流下来，旁边陪病人的家属走近来，什么也没说，帮我捡起掉在地上的手机。他还是来了。我从输液室里出来的时候，看见他不耐烦地坐在大厅里，见了我，脸一下子变得更黑了，指责我没把输液室的地址说清楚，指责我……静说，我想死……半夜里，我睡睡醒醒——我看见有两条大狗。在老家的后门口坐着，我依稀认得它们。扔了一根骨头，那条黄狗便叼在嘴里，那条黑狗还等着我扔另一份。我已经没有，匆忙间瞥见它那双乞求又贪婪的眼睛，不禁一吓，欲关门，它却跟进来。我向西屋走，想给它找出点吃的来，它似乎完全会意，跟着我走。走到西屋，家什杂乱，却没有一样可吃的东西。我茫然无措，它坐在我面前，望着我，亮亮的一双眼，像狼。我企图缓和一下气氛，把手放在它的身上，抚摸了一下——

早晨起床的时候，他似乎把自己的话忘记了，而我却冷冷的，若有所悟，真是个混蛋，他之所以在大年初一那样对我，是因为之前我们谈起大年初一做什么就一年做什么。他逮住初一这一天，占了上风，想占一年的上风。可是，为什么想一年占上风地治我，而不是一年让我们两个人相亲相爱呢？

第六天。出了旅馆即是海边。我们在海滩上散步，潮水一浪一浪地扑来。S在沙滩上画了一颗心，随着海浪扑过来他跑开了，那颗心被冲刷了一次，两次，就被吞没了。他让我爬上海边石矶，远远地给我拍照，我把自然卷曲的头发披开来，任海风吹拂。我扶着他要跳下来，他只轻轻一揽，我瘦弱的身体便如棉絮一样飘下来，“真笨。”他说。我再一次没有意会到他是要抱我下来。他总觉得没有默契，是我离他的心太远，如果他有心的话。我不知道他哪一刻需要温存，哪一刻想要发脾气，惊顾不遑，看不出个眉高眼低来。他很享受强傲放恣的姿态，时时寻衅滋事，我只好配合着他，“战战兢兢，如履薄冰”。有时候也怨口喋喋，不合时宜地扫着他的兴致。

我们坐轮船出海，船徐徐而行，船下的浪花翻滚着，蓝而晶莹，络绎飞散。真如小时候看童话故事上的插图，卷曲有致。我一直盯着那些拍击到船上便碎散的海浪，仿佛进入了一个画出来的却又真实存在的世界。想起《海上钢琴师》，我多么希望他能踏上岸，可是他又跑回去了；想到一个航海的朋友，他说，那次风浪很大，船东倒西歪，东西都无法安放，人也在船中站立不稳，他晕船，吐得昏天暗地。他说他觉得自己似乎永远离开陆地了，被抛到另一个世界去了。另一个世界，“黑暗之心”，康拉德的无边无际——是的，此刻，在海上，我就有这种隔离感。生命之轻。我并不想抓住什么，也不想抓住什么人。S就在跟前，旁边还有很多别的游客，可是我觉得这世界只有我一个人，卸去一切的轻松。

轮船驶向金门附近的大担岛，远远即望见岛上标语“三民主义，统一中国”。我看着S极目眺望，不停地用相机拍照，再次想，他像个孩子。有时候，孩子是最残忍的。《红苹果乐园》里那个“孩子”，总是无意地伤害着别人，一次一次，却睁着无辜的眼睛说：我不是故意的。那种无辜让我恶心。无心之过？你把心丢到哪里去了，把脑子丢到哪里去了？不停地犯错，不停地让身边人遭殃……自己却完好无损，不由得让人怀疑，真的是没心没肺吗？S一脸无辜地笑着，你说我是故意惩治你，我哪有那个心思，我什么也没想……临到头上了，你竟然还什么也没想，你根本就没有心——你没有心，你对我没有心，你的心全被她们用光了——这并不矛盾，这是两种不同的感情，它们并不矛盾……可是你的感情被她们用光了，你顾不上我了……S振振有词……我的心如泡在冰水中……S振振有词……我的心仍如泡在冰水中……夜……夜……深长如野兽，蹲伏在那里，蹲伏在我的心上——你一再地让我容忍你，不过是在乞怜。在我，做错了就承受错误的后果，而不是要求别人原谅，容忍。别人不容忍你的得寸进尺，你就怪别人不理解你，真是岂有此理，岂有此理……S说，你总是讲理，我是讲情的。我笑了，无可奈何地笑着，都不讲理了还有什么情可讲？言而无信，胡搅蛮缠，你一次次用谎言把我推入绝望的深渊，你的“情”在哪里？

你的“情”在哪里？我不停地问着。下得船来，我们在小巷子里逛了一会儿，寻找吃饭的地方。这里的海鲜闻着就腻歪，终于有一家比萨店，叫了一大份虾仁比萨，S点了黑咖啡，我点了椰子汁。我很少喝咖啡，不敢喝，怕失眠。

回到旅馆，我忙着订去鼓浪屿的船票，他乐呵呵地坐在一个黑色的架子上。“你知道这是什么吗？”“不知道。”我心不在焉地盯着电脑说。

“情趣道具。”他把我从椅子上拉过来。我总觉得很脏，但是为了让他高兴——

他伸着胳膊，慵懒地说：“你把我整个身体都弄散了，不过，挺舒服。”在床上缠绵了大半天，我渐渐睡去，S却翻来覆去。

半夜里，S在床上翻来覆去，把我碰醒了，我很烦躁地埋怨他，不许他再动弹。他忍着，不动。大概是好不容易熬到天亮，赶紧起床跑出去了。他在日志上写道：“夜晚是一条猛犬，撕裂了我的一个梦，也撕裂了下一个梦。夜晚，夜晚，夜晚令人虚弱。”他失眠了，我却还在睡——有科学证明：如果一个人很能睡，则说明他很孤单。我很孤单，我想，他也一样。内心深处的凄凉，谁也不明白谁，谁也代替不了谁。

我在床上发短信给他：“买一瓶矿泉水回来。”旅馆的水不好喝。

他回来的时候空着手，我也没有再提起。

我们在站牌前等公交车，总不来。他一个人等，我去下面洗手间。

长长的队伍。我还在排队，S却跑来递给我一瓶矿泉水，我愣了一下，他说：“你不是要水喝吗？”我忽然想起早晨发的短信，“你不会刚收到短信吧？”“是啊，我一下子收到三条你要水的短信，看你这么着急——”我撑不住笑起来，一边排队上厕所，一边频发短信要水喝——太过分了。

湖中两只白天鹅憩在岸边，意趣散朗；水木明瑟，百卉含英。我们在厦门大学里浸润陶染，时而抵掌顿脚，时而失笑相顾，倒也其乐融融。宽阔的石板路边散开一小片椰子树，站在树下仰首望去，简直惊诧：直干芊眠，无一枝旁逸出来，只顶端伸出那么几杆叶子，果然是亭亭如盖啊。我们走进树间去，就如走进热带雨林。前面还有榕树，像千年老妖，垂下千万枝条扎进土里，粗细不均，错落参差，覆盖着半边天空，荫蔽下，又如广厦。抛开周边的文明，还以为是深山老林的丛莽，如果是夜里触摸，该有悚惧吧。

白色的礼堂，四角飞檐。真是南国，如画。S倚着鲁迅像让我给他拍照。

我们在大学的餐厅里吃饭，S去拿饮料，我去挑面包。面包的花样繁多，林林总总，我总是知道哪一种好吃。我吃了一个，他吃了两个，果然夸奖我挑的好吃，他还想要，又让我去挑。

日色晻晻，终于行到了大学的芙蓉隧道。从芙蓉园食堂到学生公寓，有一公里那么长，走啊，走啊，在星微的光线中欣赏墙上的涂鸦，如欣赏石窟壁画。不过不是宏篇巨著，而是最最个人化的独白。不知道哪里还会有这么文艺的涂鸦。脑子里千奇百怪的景象在彩笔下表现出来，很有现代派意味。古典花卉旁一只高跟鞋，镂空的字母里油彩涂成的房屋，“敢做敢当”延伸出一个个对话框，说着俏皮话。“建筑图志”罗列出一个个相框，描画出一种年代色彩。一幅幅看过去，看不厌。S忙着拍照，我站在喜欢的画幅下合影。S学蹲在瓶中那个自闭症小男孩的样子，蹲在瓶旁让我拍，又摆出一副雄纠纠气昂昂的姿势站在一片烈火中……

走出隧道，星星已缀上了天空。我拖着酸疼的腿，跟在他后面。

回来曾厝垵，在木桥上走过，我仍旧在兴奋中。讲起S之前总是迷路的事，我说，“我以前有个朋友如何如何记路，即使在小胡同里七拐八拐也能找到我住的地方，都不用门牌号的。”他闷声不吭，走到小巷子前，却忽然说：“这次你领路。”我想我走错了他一定会提醒我，我想这次他应该记得回旅馆的路，就连看也不看大胆地往前走了。旅馆没有在里面，他铿铿地走到前面去，赌气般，横穿竖走，在井田般的小巷子里穿梭，我们下榻的小旅馆就是不出现了。我叫他，他不答我，也不等我，我只好拼命地支持着紧跟在他后面，总是离着那么远。我想告诉他，先走出去，走到大马路上去，从正门进，就可以看到旅馆了。我赶不上他，我没机会说。每走一步腿就疼得钻心，像那个为了王子而变成人形的美人鱼。有一两次我赶上他了，我说自己的想法，他噘嘴腆脸，还是掉头就走。不知道他是没有听懂我的话还是故意要继续在里面转，就是不出去，就是要在这迷宫里找到终点，我看着S，就像看着一个巨大的无奈。

我本来可以一个人走出去，从正门回到旅馆的，可是我不能丢下他，我想，他会转到天明的。

最后，他终于听了我的话，跟着我走到大路上去。我在前面走，他怀疑地、不满地在后面嘟囔："在哪呢，你说的在哪呢？"当他终于认出了是旅馆的小巷子了，又扔下我，大踏步地一个人走进旅馆去了。

我过了好一会儿才走进旅馆，看见我们的行李被堆在柜台旁。我问服务员是怎么回事，她说我们中午没有提前预定，那间房已经有别人住了。可是我们中午还在外面啊，你就不会打个电话问问？你怎么能私自动我们的东西呢？"你可以检查一下，我们不会少你东西的。”她说。我恼怒地翻开背包，一边打电话给S。他早穿过几层楼到那间房门口等着去了，因为门卡在我手上。他回来一见，什么也没说，赶紧出去找住处了。几乎所有的旅馆都爆满，这样的假日。他从电线杆上找到一个连锁酒店的电话号码，打了一下竟然有空房。

我们连夜打车去了观音山如家酒店。很偏僻，空房挺多。

放下行李，我一下坐到床上，软绵绵的，“真好，这里环境真好，前面住的旅馆我都不敢贴身睡，看着都不干净。”“还笑，被人赶出来了还笑，真服了你。”

现在倒不觉得累了，窗明几净，白色的棉被和床单。我赶紧去洗澡。没想到洗了一半水就凉了，带着泡沫的头发，只好随便擦干出来。好冷。想着明天早晨可能有热水，再补洗吧。就这样上了床。

肚子翻江倒海般，我跑去洗手间。跑了好几次，虚弱不堪。又想吐，S把垃圾篓拿过来。我从床上猛地坐起来，总算吐在垃圾篓中了，没有弄到地板上，手链却断掉了。稍微好一点，我躺下去，他给我倒了一杯温水。他躺在另一张床上，翻来覆去，喃喃自语，“都是我的错，是我不好——”是的，所有的提醒都没有用，只有临到头上，让他亲眼看看，他才认了头。他就是这样的人。有一次我说，我在地狱里熬不下去了，他嘻嘻笑着，什么地狱，都是你自己想的，你想它是地狱它才是地狱，就像有只小老虎受了伤，它扒开伤口到处给人看，每当伤口快要愈合了，它就又扒开给人看，到最后那伤口溃烂了。他鼓励我对他的摧残产生抗体，变得钝感。不记得它就不存在了，不说起它就真的不存在了吗？掩耳盗铃，自欺欺人。痛苦，如影随形。我抓起厨房里的西瓜刀："只有我死了，你才能醒悟，我说什么都没有用，只有我死了你才能反省一下自己的兽行。"他抓着刀刃，他不让自己醒悟。

这是第八天。

夜里，我做了一个梦，恍恍惚惚。月亮照在断壁残垣上，我的心被风吹得飘飘荡荡，身形如鬼魂，衣袂飘飘。想起很多年前宇清说："你就像'白狐'，'夜深人静时可有人听见我在哭，灯火阑珊处可有人看见我跳舞。'……"伴着缓缓的音乐，气息惙然。我想拉住 S 的衣袖，却怎么也够不到他。他笑着，笑得很别扭，脸扭曲地变了形，他的声音仿佛从他背后很远的地方传来："你爱的不是我，而是你自己的想象。我越来越不符合你的想象，所以你抓狂。还有孤独，你太孤独了，需要一个人无时无刻地陪在你身边。”我凄凄地反驳：“心雨不就是这样的吗？她希望跟她的阿坤哥哥一直生活在竹林的茅屋里，只有他们两个人，相依相偎，永不分离。她说喜欢一个人的时候是不愿让任何人来打扰的……这是最纯粹的感情，你不懂。你太浅薄了，无法深入爱情，你恋着世俗的一切。”……

第二天早晨醒来，我的身体仍旧虚弱，洗漱完了，坐到床边等他吃东西。他把一袋面包递给我，“吃。”我苦笑着摇了摇头，不想吃。他使劲塞给我，凶暴地叫道：“你体质这么弱，还不吃东西，可是你自找的——到时候别怨我！”他越来越让我战栗，我无可奈何地接过了面包，我想我需要的不仅仅是面包。

又是我安排带食物和水。我想我胃口不好，不会吃太多东西，而且怕背着太重，就只带了两瓶水，一袋面包，边装进背包边又犹豫地问他，这一袋面包够吗？他不置可否。他总是这样，不拿主意没有建议，临事又埋怨我。

今天去鼓浪屿。

下了船，先到日光岩，入口处立着一巨岩，巉岩上横书“天风海涛”四字。因为四围没有屏障，吹来的风就被称为天风，天风吹至，近处即海涛阵阵。四字下面是两列竖排：“鹭江第一”“鼓浪洞天”。进得门来，果然是一片洞天福地。日光岩寺借着这个天然的岩洞顺势而成，不费一砖一瓦，头顶只一片岩石，所以俗称“一片瓦”，原始味儿十足。只可惜现代几经修建，红砖绿瓦，与各地的庙庵几近雷同了，缺了些原始的沧桑味儿。

从寺里穿过，“曲径通幽”，在绿荫遮蔽下行至半山腰的古避暑洞，洞内异常凉爽，水气森森，黑色岩壁上生出绿苔。在两块石凳般磨平的石头上稍作停歇，接着再往上走，植被逐渐稀疏，阳光直射过来，晃人眼。日光岩的顶端是凌空斜伸出来的，站在悬空般的顶台上，如展翅欲飞，幸亏有栏杆，凭栏望去，岛上景物尽收眼底。

只可惜不能多观望一会儿，游人骈肩叠迹，都在后面等着这个位置呢——攒动的人头，连拍照都成了合影。顺着人流走下来，走到半山腰，人才渐渐稀少。我们坐在石头上休息，我把那袋面包递给 S 。我看着他把小面包一个个送进嘴里，简直就是个饕餮客。我望着他，一大袋小面包慢慢减少，最后只剩下一个，还有他嘴里嚼着的那半个。他此时才望了一眼我，说：“你吃吧。”我没有说话，我不知道说什么，他把最后一个小面包递给我。我戏谑地说："就剩下这一个。"他哈哈笑着："给你剩下一个就不错了。"大半天的时间，就吃了一块橡皮大的面包，我也不觉得饿，只是如大病初愈般的轻飘飘，飘在这个海岛上。宇清说："我一个人在岛上蹓，你来吧。人生苦短，及时行乐。"……我没有去，现在想起来，如果那时候我去了，如果——

下得岩来，又去皓月园、菽庄花园、百鸟园、鱼骨艺术馆……皓月园是郑成功纪念园，郑成功的石像有数人高，矗立在覆鼎岩上，脚边游人如同摸象的蚂蚁，爬上爬下；菽庄花园白色的墙壁上镂空有十字形、扇形，墙边堆着不知叫什么的石，鳞次栉比如煤块，石缝里有水草生出来，荡漾在水面上，院中几乎是一片汪洋，碧水如璧。像水乡，走路也似走在水上——水中石板路从一个亭接着一个亭，我在水上走过，说："如果住在这里就好了。"S说："这里本来就是一些华侨或富豪的度假区和居住地。"静又发微信来，我没心思看。S说你是个冷酷的人，你的心里只有自己——我是个生活在心灵境界中的人……我什么也看不见……是的，豪华的别墅区……豪华的爱……我不敢走出去，我叫了外卖，听到敲门声，我去拿我的外卖，他们在客厅里吃饭，齐刷刷地射向我……毒色的眼睛，像美杜莎的头发，伸向我……静被她的丈夫送去疗养院了——这让我发笑，又觉得悲哀，这“豪华”的爱……静的父母来过一次，就急匆匆地回去了，家里有儿子的儿子要照看，或者，还因为那“毒色”的眼睛。瞧你娇气的，好像受了什么委屈似的把家里人都招来了……静一个人在疗养院里看着日出日落，她几次写信让我去看她，我都没有抽出身……我和S走在豪华的别墅区……成百上千幢老别墅逶迤铺开，风格各异，姿态万千，哥特式的尖顶，伊斯兰圆顶，罗马式的圆柱，巴洛克式的浮雕——建筑是冰冻的音乐，也是岁月中难以磨蚀的冰雕，漫步在建筑群中，玩赏这些檐突，拱窗，透雕飞罩，垂台勾栏……犹在灯红酒绿的三十年代。

S滔滔不绝：鼓浪屿曾经沦为殖民地，先是英国，又是美国、西班牙、荷兰、挪威、法国、奥地利等等闯进了中国这块优渥的土地，他们在这里建立各自的领事馆，鼓浪屿就成了公共租界，商人、教士、银行家们也来建公馆、教堂、洋行，还有一些华侨、富商在这里建了许多别墅，这就是鼓浪屿建筑风格各异，都成了“建筑博物馆”的原因……我想这就是侵入的痕迹，就像一个人侵入另一个人的内心，多多少少会留下一些痕迹。手机在

结束在那一刻，
又似乎结束在千年之前，
早已注定的宿命，
却相信着那一次偶然。

响……我没有理会……

我总是先看到推入眼帘的屋顶，而S却喜欢去瞅大门前的石碑。“八卦楼，”他读着石碑上的文字，说，“这座八卦楼有‘小白宫’之称，原主人是台湾板桥林家林鹤寿，他的好友，一个美国人叫郁约翰的，免费帮他设计了这座别墅，林鹤寿为了建这座大楼回台湾变卖家产，可还是被浩大的工程拖垮了……他远走海外，一次也没有回来过，这里成了空楼，人称‘鬼屋’。据说还真闹过灵异事件……”我没敢听下去，匆匆走了几步。红色的穹窿顶，白色的墙壁，一个个拱形小窗，仿佛清真寺的石头房圆顶。下面有两层楼，古罗马式的十字外廊，廊上大圆石柱对称统一，雄浑刚劲。远远望去，如同神庙；“林氏府”也是板桥林家的故居，其中八角楼最别致，灰白相间，属于南欧风格，由于外形呈很多不规则的角面，一块块成了很多八角形，所以名“八角楼”。手机在响……静直直地倒下去……他妈养他这么大不容易，他妈……静倒下去……跟我在一起就得接受我的一切，我是个传统的男人。S振振有词，你想谁也不照顾吗？就想过自己的小日子……照顾，照顾，你的“照顾”就得牺牲我吗？……这哪里算得上牺牲，只是迁就一下……都不是我的家了，这里不属于我了，这里让我窒息。我也是人，我要挣脱，可是，我连工作也做不了了，你还有理想，还有自己的事业……可是，我也要爱情。要么放弃自由，要么放弃爱情，是什么在这样逼我？是什么？个性，自我，人本主义，……这些字眼在我脑中碰撞着，拥挤着，人，人，人……他人即地狱……关于人性，我不做判断，我只是了解，可是当这人性触到了我的生活该怎么办？

“黄家花园，是富豪黄奕住的私家花园，因为华贵富丽，这里曾接待过许多中外政要和富商大贾，人称‘中国第一别墅’。”S边走边说，而我，边听边看——苍灰色的建筑，欧陆风格。我们从前面的步行廊绕到后面的弧形宽廊，行走在廊檐之下，赏鉴雕花门窗，又走到院中花坛旁，花池厚重古拙的风格与前面房屋浑然为一。《时时刻刻》里凡妮莎描述伍尔夫说，作家有两个世界，一个是现实世界，一个是她虚拟的心灵世界……我在这两个世界里徘徊游移，我把心灵世界里那个虚幻的影像套在现实中的S身上……投射，处处都是投射……

海天堂构，寓意海一样辽阔天一样无垠。这座建筑中西结合，亦土亦洋，走进去感觉如宫如殿，很有个性。门楼是中国式的飞檐翘角，两边却是古希腊式廊柱，楼身上有西洋风格的雕花窗饰，楼内部却又是中国式的八边形藻井，井壁上画着中国花鸟画，檐角也是中国古典龙纹和花卉，看起来极具民族色彩。S瞅着花纹的细节，花纹的细节却离我很远，如同一片模糊的影像活过来。织锦，过去，古老的，传统……传统是不讲爱情的，万恶淫为首，百善孝为先……“海天堂构的中楼原是外国人的俱乐部，黄秀烺买下后修成一幢仿古大屋。”S滔滔不绝，我尽力凝神捕捉他吐出的词句。我觉得悲伤，我们这样两个人——

楼上静悄悄，却有一阵悠扬的二胡声传来，如泣如诉。我和S不约而同地向楼上走去。偌大的会堂，摆了许多椅子，却是空的。本想坐下听一会儿音乐，那拉二胡的老人却走到帘幕后面去了。也许是不喜欢有人在前，人家是要独奏排遣隐衷，忽然觉得自己来得不合时宜了，我们赶紧走开。

之后，还游赏了金瓜楼、番婆楼、黄荣远堂、杨家园等众别墅，已是灯火辉煌，倚者若疲。在熙攘的短街上买了点小吃，边吃边走，我挑了个大椰子抱着。

夜色催人，打道回府，顺着人流往开船的方向缓步行走，S怃然道：“该早做打算，在岛上住一夜就好了。”我抱着椰子喝得香甜，没有理会他的话。我喜欢一劳永逸，只住一夜有什么用?

下了公交车，天色漆黑一片，只觉浓雾滚滚涌来。我们再次迷了路。

武夷山

正巧赶上武夷山搞活动，门票全免，游三天一张通票只收景区观光车费。我正在排队买票，淅淅沥沥地下起雨来。有一个男子跑过来把雨披披在女友的身上，又有一个人跑过来给她的伴侣送雨伞。好不容易排到中间的队，我不想离开，急躁地望出去，寻找S，却看见他一个人撑起伞，正悠哉游哉地看景区的地图。我不由得生气，扔下已排到的位置跑过去要雨伞。他的行为总是让人好笑又好气。他想不到我，他的潜意识中根本没有我这个人。那又为什么不肯放开手呢？有一次去谈个选题，他在咖啡馆等我，发短信催，“快出门，你不在，我一个人很没意思。”我在了，他又是怎样待我？曾不止一人对我说：这样的混账男人还要他做什么？!我想，我们纠缠了这么些年，火铛油镬，雪窖冰天，沦肌浃髓全是煎熬，为什么？《苦月亮》中那对情侣，他把她丢在飞机上，她把他弄得终身残废，他们仍旧在一起撕扯，直到她睡在新交女友的床上，他开枪结束了这一切。《敢爱就来》里两个人玩着“你敢不敢”的游戏，你往我心里滴镪水，我往你心里滴镪水，一次比一次疯狂的伤害，最后一起沉没于水泥浆。我太入戏了，我以为我们也在演一出狂恋戏，我从我自编自导的戏中出不来。我爱这个人吗？我不确定。这个人爱我吗？我同样不确定。为什么还要继续一起走着？**没有人会怜惜你，只会瞧你不起……为什么不赌着志气去找个对你好的男人，知冷知热的？**我不甘心，且，我不会把自己的感情当成赌志气的牺牲品给别人瞧。她们都在炫耀幸福，我不炫耀幸福，也不炫耀我所受的苦，我什么也不炫耀。我很清醒，只为自己的心；可是又茫然，我无法用世间的价值观来做判断了。托尔斯泰说：你离得越远越能给某一行为找到合理的原因。我害怕我能够为所有的行为找到原因，然后原谅一切，那样，岂不是“一切皆被原谅了吗”？一切，不辨是非？！我不知道——当个人主义发展到极致，西方文明倒塌了，人们的意识又回到起点，转向宗教。而我，在个人主义受阻的路途中，越来越滑向虚无主义。我并不想沉浸于虚无，又竭力寻找生的意义。人总应该抓住点什么，我企图抓住爱情，可是“人”——让我失望……

他似乎不是我的爱人，而是我的一个研究病例，一个性格原型，恰恰是一切不合人情事理这一点激起了我的好奇心，或者好胜心。在他残忍的背后到底，隐藏着什么？静说，他苦笑着乞求，别让我去应付你的家人，我最讨厌这样的事情。我以高度理解的姿态接受他的宣言，但是他却又暗暗地胁迫我接受他的老老小小——推己及人，我能够理解他，他为什么就不能理解我呢？……典型的双重标准，跟S一样，不过是自私罢了……不是，连这自私他也没有意识到，他觉得理所应当……千年沿袭的规约让他觉得理所应当，他安睡在传统里，因为传统对他有利，他才懒得推己及人……仍旧是自私……他是不明事理，他不明白我的心理感受，他还郁闷着呢，怎么就不行呢？大家在一起，怎么就不能相安无事呢？他不懂……那盯视的眼睛，那谛听的耳朵，那晃来晃去活的影像，他不懂。“代沟”对于他只是一个名词，而对于我却是实实在在的一把刀……他人即地狱……我不知道，我没有试过，我只是觉得爱情是一个封闭的空间，谁也不能插进来，第三者的在场会让我心烦气躁，以我的心性会如扫除灰尘一样把那些“看者”“听者”扫出去，我不允许任何人透视我的爱情这种私密活动，不允许任何人窥见我的私生活，这跟尊严有关。S对此不以为然，“独乐乐不如众乐乐”，他的感情不能集中，以至“三人行，则损一人”，那一人时常是我……对于他的利益，他雷打不动，却一再要求我放弃我的权利，“我以为我可以改变你……”他一会儿苦笑着乞求我容忍他的“不愿意”，一会儿又对我同样的“不愿意”想不通了，惊诧了——典型的双重标准！我讥讽他，讥讽他身上那些数不清的双重标准，把他的不堪挖出来，摔碎在地上。他恨我！他恨我总是能抓住他的病根。他虚弱、自卑的世界在我凌厉的言语中支离破碎……

我们从南山门进，进入天游峰景区。

踏径前行，有很多洞穴隐蔽在岩峦之下，这就是“崩积洞”，如其名，应是山石崩裂堆积而成。再往前，洞穴时有烟云逸出，所以又名“云窝”。**支离破碎……**

穿过一颓旧的石门，便进入一片空旷之地。一块巨大的岩石矗立眼前，上有摩崖石刻“壁立万仞”，形甚雄伟，笔力遒劲。果然称得上万仞之高，站在底下都望不到顶。

一圈竹篱围绕，大概里面种的是茶树，定是茶树；九曲溪潺潺流过，水清现白石，磕磕有声。

又过一石门，刻着“峥嵘深锁”。不知道这里面曾经锁着怎样的峥嵘，我想，也无非是艳逸无穷，欢娱有极，一切都寥落了吧。或者，那只是人间的事，盛衰有时；而自然，永远勃勃，春风吹又生啊。

再往前便是茶洞，四围山峰环绕，人在洞中有如在井底，凉气袭人，铿然露滴。

之后攀登天游峰栈道，狭窄的栈道盘旋如之字，只容一个人通过，一个人停，后面所有人都得跟着停下来。所以这一段我停顿的次数就少了，每次坚持到拐角处歇息，让后面的游人通过，S在另一个拐角处等我。从山腰上望下去，人头攒动，摩肩接踵，因山峰陡峭而仿佛一个人踏着另一个人般拾级而上。

栈道两边植被很少，只有一些绿色苔藓。岩石浑圆，如久经大水冲洗般。而山的侧面却是峭壁如削，丹崖绿树。登上峰顶，雨过初晴，霁色陡添，似有水气氤氲。我贪婪地呼吸着这爽净的空气，从半山腰上望出去，烟云飘荡在山谷之间，袅袅悠悠，此起彼伏，真是神仙之境，观而忘俗。先前的不快涤荡尽去，S又开始拍照，拍下我的笑颜。竟有一处茅草土屋，断壁颓墙，不知道是哪个隐者曾在这里居住，默默地来，又默默地去了。

天游峰果然是壁立万仞，群山拱照，鹤立其中。从上天游一览台凭栏眺望，群峰如浮游在云海中，峰底九曲溪蜿蜒环绕，竹筏轻荡于其中……看这山，这水，不禁令人赞叹：真乃世间钟灵毓秀啊。仁者乐山，智者乐水，在山水之间，难怪欧阳修颓然醉倒。只可惜这里成了纯粹的旅游区，缺少一点隐者的生活趣味，不能鲜鳞在俎，满瓯真茶，也没有樵夫和渔夫的机智对答；且脚步匆匆，不能多待，否则便可以慢慢体会四时之异，朝暮之别。

而下天游崎岖丘，林叶蔽天，溪水淙淙，恰是“飞泉响落晴疑雨，古木浓荫夏亦寒”。我们顺小道下来，这里竟没有一个人。S在前面三蹦两跳地下了石阶，一边说：“要走快点，这里面恐怕有巨蛇。”他隐到枝叶之间去了，看不见了，我心里半信半疑，想，他又在吓唬我，然后也不由得加快了脚步，空山阒寂，人语不闻，真有点怕森森的。我赶上他，在一石桥旁停留。泉声呜咽，危石峭拔。走下桥，溪边乱石顾影，我们拍了几张照片又往前走，已经不看导游路线，乱走一气。

不想抬头忽现隐屏峰，此峰方正如屏，上来有道院旧迹，仙凡界，仙奕亭，看是个修仙逐道的所在，才得名“隐屏真境”

吧。峰西有一奇石，名接笋峰；峰南有朱熹筑就的“武夷精舍”遗迹，理学家朱熹就是在这里讲学——馆舍井然，也可见出朱熹的秩序感，不同于那些闲云野鹤。朱老夫子坐在书桌旁，手里握着一本书，正在讲学，下面是两列课桌。S跑过去，坐在一张课桌旁，跟着朱老夫子念起古书来——古书是S的武器，取其糟粕，弃其精华，倒也运用得得心应手。响声岩有空谷回声，大概是应了一“空”字，境界顿然而生，虚以待物，自事其心，而我，却哀乐易现，宠辱皆惊。像陀斯妥耶夫斯基笔下的纳斯塔霞，因屈辱乱了心智。他把我丢开在一边，这是屈辱……静说，你看着我安静地坐在这儿，其实我的心已经发了疯……这是内伤……我不会像静一样，只会自戕，我骂他。取之于民用之于民，我把从他那里学来的几个骂人的字眼融会贯通一番，就是一篇篇华丽的檄文，层层递进，滴水不漏。S说你都骂出花儿来了，骈散结合，音韵铿锵。是他理亏，一句不能反驳，就躲到壳里去，我称那是他的龟壳。他急了，也回骂，但水平就差远了，颠倒黑白，胡搅蛮缠，东拉西扯，不着正题，扛着传统的大棒子跟我讲妇德，反说我道德绑架，言而无信却说成是爱变。我真不知道善变有什么值得夸口的，秀才遇到兵，可笑又可气，我只好罢战了……这里摩崖石刻群集，宋元明清，都留下过字迹。尤其是朱熹那一幅“逝者如斯”引人遐思，逝者如斯，昼夜无停，我们却一直在浪费……“这些年我们都干吗去了？”S说，言下之意是可惜没有早在一起。早在一起又能怎么样，不还是各过各的日子？我曾经活在梦里，我说：我幻想着在一座孤岛上，只有我们两个人，相依相偎，看月亮，听海涛，日日夜夜，时时刻刻。我们已经浪费了那么多时间，好不容易在一起，为什么不珍惜这飞逝而去不可逆转的时间？分离的每一刻都是在浪费。没有什么可以弥补，因为那一刻已经是过去式，那一刻你不能重新印上别的东西。你说你很感动，你总是感动，却不作为。那天晚上我做了一个梦，我梦见白越向我走来，他对我说：“你不用再牵挂我了，我已经找到了属于我的爱人。”我的心又喜悦又凄凉，在空荡荡中醒来，看到你睡在我身边，均匀的呼吸——那空荡荡的内心一下子踏实，你睡在我身边，这让我安心。你说你很感动……

我们在“遨游宵汉”楼阁坐了一会儿，准备回行，下山的路平缓了很多。

薄暮渐笼，走去乘观光车。前面一辆车还差两人满员，一个俊俏的男子看见我们来赶紧招手坐他旁边，S却直奔后面的那辆车。又得慢慢等，等装满启行。下了观光车，我们不急不缓地往南门外走，S说：“今天玩的时间把握得刚刚好，不那么紧赶着往前跑，现在还早，可以轻轻松松地去逛逛街吃个饭了。”我惋惜地说：“我还没玩够呢，只登了两座山峰。”他却对此很满意，“还有两天呢，要平均开，不然你又要累倒了。”

以前回宾馆就十点多了，这次还没有被夜色盖尽，路旁一块平地上有几棵开着白花的大树，不知道是不是栀子花，地上铺了薄薄的一层。S用力一晃树干，白花一大朵一大朵地落下来，我在飘坠的花中行走，他抢镜头拍照。

然后去三姑街吃晚饭，看见路旁有个卖烧饼的，还有这种在草炉里烤的烧饼。想起张爱玲写的草炉饼，我一定要买两个吃，S也想吃。我们站在路边等热的，卖烧饼的妇人拿着铁钳子夹起来翻了个个儿，她的小女儿指着我头上的花环说，真好看。妇人笑着望向我的花环，S也会意，看了一眼我的花环，微笑了。这还是从鼓浪屿买的，他见人家戴了花环，也怂恿 我去挑一个，我挑了一个一圈纯白色小花的，他却拿起了现在这个艳丽招眼的……从街的这头走到街的那头，也没有看见有吸引力的饭馆，有些乱，有些脏。最后只得选中一家，进去，点了几个小菜，山药没有去皮，似乎也没有洗干净。晚上回大王峰如家酒店，从窗子里望出来，大王峰扑入眼帘。静说：我想死……我没有理会。如果我不是一个作家，我会自杀。我的心时常猝然冻住，“仿佛自杀的人一样荒凉”。而如今，却是深深的无力感——S，让我有了深深的无力感。他却得意地说：“你没有留住我的智慧。”我想我的智慧不是用来谄媚一个男人的，他是看宫斗片看多了吧。爱需要诚意而不是智慧——依恋本应该是自发的，爱也是自发的……你并不爱我。我在你身上花了那么多心思，我图什么呢？我要诚意，他却花心思，要手段，还扬扬自得地美其名曰：策略。我在你身上花了那么多心思……可惜那不是我想要的……远远地，真轻巧……依恋是自发的，He's just not that into you。走开，走开，我应该安静地走开……你死也要死在我的手上……我已经为你付出了那么多心力……我不同样付出了那么多心力吗？我等到了什么？噩梦，还是噩梦。我从梦中逐渐走到现实，有一种悬空般的感觉，黑暗，涯俟无际……最黑暗的时刻，静说……黎明的曙光，海子说……你所说的曙光究竟是什么意思……海子卧轨了……

第十二天，再到武夷山，仍从南门入。

进入虎啸岩景区。虎啸岩是一个巨大的岩洞，山风吹过洞口，就会发出虎啸般的怒吼。岩下是天成禅院，岩崖支成的天然洞府，没有片瓦修葺，却能遮风挡雨。天成禅院旁边是普门兜，亭立一观音石像，游人敬拜，香火缕缕。S也过去拜了拜，又过来跟我要了几块零钱投入功德箱。我想，他会求什么呢？至天成禅院的小径上有不浪舟，岩带忽突忽敛，砖红色的层峰，如一座废城，带有古印度色彩。沿途还有白莲渡、集云关、坡仙带、法雨悬河、语儿泉、宾曦洞等景点，幽谷深涧，流泉飞瀑，别有韵致。

虎啸岩岩巅有一条岩罅，窄细如缝，险峻异常，石壁上刻有“定命桥”字样。大概从前这里有一座凶险的独木桥，不过现代人建造了带有护栏的水泥桥通过狭罅，如此便可以凭栏观望了。俯望深涧，人会觉得头晕目眩。我想，静的绝望，如同这深渊，如果她站在这里，心中那想死的念头，是否会望而却步？或许，这正是一个契机，她现在所需要的只是一个机会了……静的生命已经被消耗殆尽，有些人只会消耗你……S……S一次一次地否定自己说过的话——他为他的不作为找出一个理由，当这个理由用到头的时候，他就否定这个理由的确实性，再找出另一个理由，再否定，再找，再否定……一次一次，如此循环，以至无穷……有时候也没有那么麻烦——他的脑子有限，他会两个理由交替使用……可笑，可耻。我讥讽他，但是没有用，他甚至分不清讥讽和怨恨的区别，甚至我曾一度揣测他是不是神经出了问题……我找出所有荣格的书：每一种神经症都产生了一定数量的非道德化倾向。如果某人是神经症，他就已经丧失了对自己的信心……从前或多或少被成功地锁在巍峨的精神大厦之中，并在那里派上了某些用场的地下力量——且不说是地狱的力量……正等着从无意识中解放的力量，毫无防范地让人直接经验到，那么这个人格就如邪恶的魔鬼附体，在这个文明世界里做出种种野蛮行径……S说，“我想怎么样就怎么样。”是无意识中的恶魔让他暴虐恣睢，言之无信。可是那恶魔又是什么？S酷爱包裹了一层又层，把问题隐藏起来，而我却醉心剥开一层又一层，非要把那个根本的东西挖出来。我知道那恶魔应该是某一心理“原型”，但具体是什么“原型”又推断不出来。S难得有一两句真话的，空间日志都设了密码，而且可笑的是只对我一人设了密码，他防我像防“贼”一样……虎啸岩紧挨着一线天，巨岩盖下来，仿佛被劈了一斧，露出一线天光。我们顺着人流从这里穿越，夹道而行，幽暗深邃，比天游峰栈道更逼仄。出了隧道，南面有楼阁岩，岩壁上无数岩洞，如山之灵窍，不知道是哪位神仙的尊位。S说：“以前有修行的人就在这洞穴上打坐，从不下来，会有人用系着绳索的竹篮把食物递上去。”再往前有一奇妙的螺蛳洞，据说进此洞后如在螺蛳肚中穿行，我们没有进去。葛仙洞里有个圣水井，有水汩汩，S拿出手电筒去照，也还是黑漆漆一片，亮晶晶的水洼，他在寻找泉眼。

山路元无雨，空翠湿人衣。黄叶覆盖，水渍斑斑，山路有些滑，我们很小心地下山。在没有凭借的地方，他扶我下来，然而，当我走到前面去时，他却在石阶上愣住了。过了会一会儿，他才走下来，对我说，他觉得那一刻灵魂出窍了。我的灵魂出窍了，我不是我自己，我在这不属于我的房子里神思恍惚……去看心理医生了……神经病……女人，要有自己的房间……害怕仆人的伍尔夫……兜里装满了石头，向着河中央走去……我不像你，你有自己的事业。我连工作也做不了了。我有自己的事业，我有理想，我的理想——爱情也是我的理想——太久了，太久了，你让我等得心灰意冷……解决问题，解决你那堆乱麻似的问题，你许我的，许我太久了……什么问题？哦——你说我们老了会怎么样呢？会不会互相厌倦——我这个人容易厌倦……你许我的……我的想法又变了，你知道我这个人好变……你许我的……哦——可是，让我想想——我怕你为了你的理想改变我的生活，我隐隐地感觉到你不会为我做任何改变，但是你会为你的理想改变我……没有什么会改变，你一直是在踏着我的生命苟活……朝悔其行，暮已复然，蝇营狗苟——没错，你就是在苟活，而且是踏着我的生命苟活……就算是个坑，我也得往下跳……你跳啊，你跳过吗？你许我的事有一件做了吗？你往前迈过一步吗……

回到九曲溪畔，看竹排漂流，如在画中游。

但是我们没有找到租竹排的地方，尽管都走到了源头，恰恰，竹排是要逆流划来的，方向反了。南方的汉子把竹排一个个下入水中，每个上面有一船工，顺流漂去。S看他们干活，又向我招了招手，我走过去，踩在一片沓杂的石头上。他得意地笑着，说：“那几个人冲着你嚷，‘看岸上美女’，我招了招手，你就过来了，他们很是惊诧……”那些人不知道我们是一起的，我不以为然地皱下眉头，对他的得意感到好笑。我倒不是美女，只因为头上戴着在厦门买的那个花环，一袭宽大单薄的黄色羊毛衫衬得人骨立形销罢了。S让我蹲在水石相激的地方摆出各种姿势拍照，我对他的指挥同样不以为然，然而也不违拗他。

我们顺着小溪走，看到一个空竹筏没人管，就跑上去坐在上面，乐呵呵地捡了便宜般。

远处玉女峰亭亭孤绝，高盘云鬓，簪花姹然，恰若颦蹙欲啼的少女，而与玉女峰隔水相望的大王峰，则似怊怅不安又坚定沉笃的情郎，他们仿佛一对被世俗拆散的恋人，在这斜阳淡照中忡然度日。

夜里，我又开始做梦。半睡半醒中，我梦见旅行结束了，要回北京。我一个人回宾馆，走过曾经记得的坡，却找不到回去的路了。天渐渐黑下来，身上没有带宾馆的名片，手机快没电了，路上行人也快看不见了，已经是夜里十二点，我焦急地想着行李还在宾馆，要赶今晚的飞机——这时候手机却响了，我看到他的名字，却什么也没听清就自动关机了……我在梦里想，他赌气扔下我一个人自己先回去了，因为赌气，竟然不把最后的景点看完，竟然浪费了一张机票。他知道我今晚回去，所以打电话来，想说什么呢？是要去接我吗？机场没有车了，那么黑，我又是路痴……但是手机没电了，几张陌生的脸怪笑着望过来，像庞德诗中写的那样，人群中这些面孔幽灵般显现——我突然被吓醒了。

身边 S 正在熟睡。是的，明天晚上，我们就要回北京了。

第十三天，还有半天的时间，我们又去了北片景区。

先到水帘洞，危岩下两股泉水喷射出来，形成珠帘，长长地垂下来，遮住了洞口。我想山水一定是有灵性的，竟有这么多凑巧，或者说每一处都是凑巧，鬼斧神工，珠联璧合。难怪古人喟然长叹：造化苍生，天地浑一。洞壁上镌刻着“活源”两个字，煞是贴切形象。据说这是根据朱熹的诗得来，“半亩方塘一鉴开，天光云影共徘徊。问渠哪得清如许？为有源头活水来。”朱熹，真是无处不在。还以为是泉水喷溅，原来又下起了小雨，靡日霖霪，山容水态，别有一番风味。也无须撑伞，走走停停，或休于树旁，或提携牵引，此时的我与S似乎离得近了。莫不是澡雪精神，浑然忘俗？我们一句话也不说，生怕打破这种神秘的倏忽而来的难得气氛。“情况就像一只已盛满水的容器，再加上哪怕一滴水，也会溢出边缘，一切事情又会变得颇可怀疑。”……颇可怀疑，我不敢想……

瞭望四野，稀稀疏疏的村落，竹篱围绕的茶园，如一幅淡雅的水墨画。茶丛依谷傍崖，随势而栽。我们在九龙名丛园旁的小路上前行，S让我撑起伞来，频频回顾中，拍了一些与这山野相得益彰的照片。茶田成亩，葱蒨荔菎，一梯一梯，一层一层，或许也得益于九龙涧水的滋养，生得这么旺盛。

沿崖有孔子、老子、释迦牟尼的三教堂遗址，还有奉祀大儒刘子翚、朱熹、刘珙的三贤祠遗址，如今已改建成茶室数栋。在茶室里小坐，格调素雅，气息渥然，使得人心恬适、宁静，如同横铺在水上，没有一丝重力，慰然服帖。慢慢体会一下古人的雅人深致，静望檐雨如绳，珠花四溅，我已目酣神醉，不能自已。

经过几座木制的茶舍，随后便走到了大红袍。登上右边一座大平台，有结庐草舍，旁边系绳如老枝。仰望悬岩峭壁之上，刻着“大红袍”三字，旁边用石块垒起的壁崖上，护着六株大红袍。

大红袍景区还有通天岩、达摩洞、弥勒佛岩、放生池、天心永乐禅寺，寺名“天心永乐”寓意“天心月圆”“永生极乐”。记起弘一大师临终绝笔：“问余何适，廓尔忘言。华枝春满，天心月圆。”渐渐地，我对佛教文化产生了兴趣，也许真如康德所说：对于未知的事情，你不能证明其存在，但也不能证明其不存在。佛经里有很多事情不是一一用科学证明了吗？也许佛祖的智慧真的早已通天，无有不晓。我研读哲学、文学、心理学，却把佛学障在外面，或许，那里才有大智慧；或许真是，一切有为法，如梦幻泡影，如露亦如电……

傍晚回来吃过饭就收拾行李，准备赶往机场。

在我收拾行李的时候，S有气地无力地坐在床上，突然说："唉，又要回去面对那些现实琐事了。"仿佛被打回原形，南柯一梦。而我并不以为然，我想，任何事情都是可以解决的。

但是下飞机的时候，我忽然觉得一阵揪心的痛。

在机场等行李，拿到箱子，我赶紧扯出羽绒服来穿上。北京的天气仍旧寒冷。出了大厅又在黑暗中等出租车，长长的队伍缓慢地移动，什么时候轮到我们啊？我不由得说，不会出租车不够了吧。S又把脸一黑，斥责道："接机的出租车都是规定好的，你又说丧气话。"我不敢望他的脸，到底是什么潜入了他的意识，让他这么恐惧?

冷风吹过来，吹得我心空荡荡。

黑暗中，手机在闪，我点开微信——静，自杀了……好像那只靴子落了地，我冷酷的心松懈下来。

图书在版编目（CIP）数据

梦里也知身是客 / 月下著. — 南京：江苏凤凰文艺出版社，2017.9
ISBN 978-7-5594-0974-4

Ⅰ.①梦… Ⅱ.①月… Ⅲ.①短篇小说－小说集－中国－当代 Ⅳ.①I247.7

中国版本图书馆CIP数据核字（2017）第206790号

书　　名	梦里也知身是客
作　　者	月　下
策　　划	高瑞贤
责任编辑	牟盛洁　李　黎
出版发行	凤凰出版传媒股份有限公司 江苏凤凰文艺出版社
出版社地址	南京市中央路165号，邮编：210009
出版社网址	http://www.jswenyi.com
印　　刷	北京盛通印刷股份有限公司
开　　本	880×1230毫米　1/32
印　　张	8
字　　数	134千字
版　　次	2017年9月第1版　2017年9月第1次印刷
标准书号	ISBN 978-7-5594-0974-4
定　　价	36.80元